# 한국 희곡 명작선 109

금계필담[錦溪筆談]

한국 희곡 명작선 109

# 금계필담 [錦溪筆談]

도완석

평민사

도
완
석

금계필담 [錦溪筆談]

## 등장인물

바　우 : 열일곱 정도의 잘생긴 홍진사댁 머슴
봄　이 : 열여섯 정도의 예쁘고 착한 홍진사의 고명 딸
어　멈 : 바우의 어미
할　멈 : 바우의 할미
아　범 : 바우의 아비
홍진사 : 부유한 양반집 나리
마　님 : 홍진사 부인
마　름 : 착하고 인심 좋은 홍진사댁 집사
길쌈댁 : 후덕한 마름의 처, 홍진사댁 하녀
길　녀 : 바우를 짝사랑하는 마름의 딸
덕칠이 : 길녀를 짝사랑하는 홍진사댁 머슴
청천댁 : 평범한 홍진사댁 하녀, 덕칠이 고모
꺼꾸리 : 주책 많은 홍진사댁 하녀
길복이 : 홍진사댁 총각머슴
근친 1 : 홍씨 문중의 최고 어른
근친 2 : 홍진사의 큰 당숙, 현감의 죽마고우
근친 3 : 홍진사의 작은 당숙
백현감 : 현감으로 은퇴한 옛 궁궐 내 훈련감
세　조 : 세조임금, 세령공주의 부친
중　전 : 세조임금의 아내, 정희왕후 윤씨
기　타 : 어린 박달, 궁중 내시들, 북춤무사들, 호위군사들

## 때

세조 집권시대

## 장소

홍진사댁 안채

## 작의(作意)

『금계필담(錦溪筆談)』은 1873년(고종 10)에 서유영(徐有英)이 저술한 문헌설화집으로서 총 2권 2책으로 된 한문필사본이다. 우리나라의 기록에 빠진 이야기를 모았다는 뜻인 '좌해일사(左海逸事)'라는 부제가 붙어 있다. 141편의 설화가 주인공의 신분과 시대순에 따라 실려 있는데 조선 단종부터 순조 때까지의 왕·왕비·문신·이인·양반층 여인·기생·하층 여인·무인·장사의 차례로 이들에 얽힌 이야기를 적고, 풍속에 대한 이야기들을 덧붙였다. 주인공들은 하층계급보다 상층계급이 많으며, 현실에서 뜻하는 바를 이루지 못하는 인물이 많다. 조선 후기에 나온 야담집들과는 달리 다른 책을 보지 않고 지은이가 직접 들은 이야기만을 싣고 있다. 저자는 서문에서, 말년에 외로움을 느껴 스스로의 마음을 달래고자 심심풀이[破寂之資]가 될 수 있는 이 책을 쓴다고 했다. 본 작품은 이 책에 수록된 이야기 중 하나로 세조의 딸 세령공주와 세조의 숙적인 김종서의 손자와의 사랑을 담은 이야기를 근거로 실제로 충북 보은군에 남아있는 그들의 삶의 흔적을 토대로 하여 가상적으로 구성하여 집필한 작품이다.

# 1. 프롤로그

외롭게 떠있는 둥근 달, 그 희미한 달빛 아래 시름에 잠긴 채 바위 위에 정좌하고 있는 노장군, 어디선가 대금산조에 맞춘 시조 소리 구슬프게 들려오고.

**시조**    삭풍은 나무 끝에 불고 명월은 눈 속에 찬데
만리변성에 일장검 집고 서서
긴 휘파람 큰소리에 거칠 것이 없어라.

이때 갑자기 긴장된 음악과 함께 검은 복면을 한 자객들이 날아오듯 등장.

**호위군**    웬 놈들이냐?

무대 붉은 조명으로 바뀌면서 좌우편에 서 있던 호위군들과 자객들의 칼싸움.
날렵한 자객들에 의해 쓰러지는 호위군사들.
이어 노장군과 자객들의 싸움. 여러 명의 자객들 쓰러지고 아주 민첩한 자객의 철퇴에 맞고 쓰러지는 노장군.

**노장군**    (외마디) 반역이로다.

동시에 '계유정난'이란 큰 자막, 뒤 배경막에 나타나고 강렬한 음
악 속에 F.O

# 2.

산중에 새소리, 조명이 밝아지면 산중 고갯마루 바위 위에 걸터 앉은 봄이 아씨, 노을 지는 석양을 바라보며.

**봄이(소리)** 올 때가 됐는데 왜 안 오지! 바보같이 기다리는 낼러 사람 맘도 몰라주고 지 할 거 다하며 늑장부리는 심사는 뭔겨? (사이) 오메 저어-기 저 아래서 올라오는 게 바우 아녀? 이 제사 오는가 보네. (바위 뒤로 몸을 숨긴다)

바우가 장봇짐 지게를 지고 힘겹게 등장.

**바우** (지게를 내려놓으며) 휴, 해걸음까지 맞추어 가려다 발병나겄 네 그려! (숲속 한켠으로 가서 바지춤 내리고 소피를 본다. 그러다 문득) 아니 거 누구유? 누군데 바위 뒤에 숨어서 남을 훔쳐 보는 거래유? (바우 지게 작대기를 든다. 조심스레 바위 뒤로 간다. 다시 소스라치게 놀라며) 아니? 아… 아씨잖유? 아니 아씨! 아 씨가 어찌 이런 골마루꺼정…? 이곳은 골이 깊어 올라오 기가 무척 덴딘디…

**봄이** (손가락으로 자신의 입을 가린다)

**바우** 얼릉 이리루 나와유. 뭔 연윤지는 몰라두 어찌 사람 놀라

게시리 그리 혼자서 바위틈에 몸을 숨기구 있는 거래유?

**봄이**   …

**바우**   아 얼릉 이리루 나오라니께유! 돌부리 조심 하구유 어서유!

**봄이**   (고개를 끄덕이며 조심스레 바위틈에서 나온다)

**바우**   가, 가만 처… 천천히 내려 서세유! 아녀유. 그대루 계셔봐유. 지가 손 잡아드릴탱깨!

바우 봄이에게로 다가가 손을 내밀고 잡아준다. 봄이 덜덜 떨며 내려서다가 돌뿌리에 걸려 바우와 함께 내동댕이친다.

**바우**   앗! 봄이 아씨!

바우 일어서며 봄이를 일으켜 앉힌다.

**바우**   괜찮아유? 어디 다친 덴 없시유?

**봄이**   (고개를 둘레둘레) 바우 너는 괜찮아?

**바우**   지는 괜찮구먼유. 근데 워쩐 일루 아씨가…? 오-라! 지가 보은 장터에 갔단 소문을 듣고 아씨 것 무슨 물건 사오나 혀서 그걸 기다렸남유?

**봄이**   (바우 얼굴을 천천히 바라보다가 아니라고 고개를 흔든다)

**바우**   아니라구유?

산새 퍼덕이며 날아가는 소리.

잠시 침묵, 다시 산새소리.

**바우**   (자리에서 일어나며) 안 되겠네유. 벌써 해가 중천으로 기우는
디 어여 내려가야지 안 그럼 날 어두워서 집에 들어가굼
마님 염려하시겠시유! (지게 곁으로 가서 지게를 짊어진다)

**봄이**   (따라 일어서다가 다시 주저앉는다) 아… 아… 아!

**바우**   (놀라며) 왜 그러유? 바… 발목이 삐기라도 했는감유?

**봄이**   (발목을 만지며 고개를 끄덕이며 아파한다)

**바우**   할 수 없구먼유. 좀 불편허긴 하겠지만서두 제 지게에 올
라 타셔유. 그렇지 않음 날 어두워져 집에 당도하기 힘들
겄구먼유. 아 어서유!

**봄이(소리)**   (바우를 바라보며) 움직일 수가 없어!

**바우**   정말 큰일이구먼! (봄이를 번쩍 안고 지게 위로 들어 올린다) 잘
잡아유! 안 그럼 둘 다 자빠질 수도 있응께!

**봄이**   (지게 다리를 힘있게 붙잡고 고개를 끄덕인다)

**바우**   (지게를 짊어지고 일어서서 물끄러미 땅을 쳐다보다가 길을 떠난다)


산새소리, 조명 F.O

# 3.

무대 다시 조명이 들어오면 홍진사댁 안채, 마당서 마름이 등을 켜들고 서 있고 마님과 길녀가 안절부절 못한다. 이때 길복이 소리치며 마당으로 뛰어 들어온다.

**길복**  마님! 마님 아씨가 돌아옵니다요. 아씨가.

이때 바우가 지게 위에 봄이를 태운 채 마당으로 들어선다.

**마님**  아이고 봄이야 어딜 갔다가 지금서 돌아오는 거냐? 웅? 그리고 이게 워찌된 일이여? 왜 저놈 지게 위에 실려오는 거여? 어디가 다쳤드냐? 웅?

바우 지게를 내려 세우고 봄이 길녀 도움을 받으며 내려온다.

**길녀**  아니 아씨. 이러시면 어쩌요? 낼랑 어쩌라구요?
**분이**  (발을 땅에 내딛다가 얼굴을 찡그린다) 아아!
**마님**  아니 쟈가 왜 저러느냐? 일어서지도 못하잖느냐? (바우에게) 어찌 된 거냐? 우리 봄이가 어떻게 된 거냐구?
**바우**  (고개를 떨구고 말이 없다)

**마님**    (바우 뺨을 내갈기며) 네 이놈 어서 이실직고하지 못하겠느냐? (길녀에게) 넌 뭐 하고 그리 서 있는 게야. 어서 봄이를 안으로 들이잖고… 그리고 길쌈댁! 길쌈댁! (길쌈댁 부엌에서 일하다 등장)

**길쌈댁**    네, 마님.

**마님**    어여 길쌈댁은 광에 가서 돼지기름하고 사향을 내오게나. 봄이가 발을 다쳤는가 보네! (길복이에게) 너는 뒤꼍에 가서 대야에 찬물을 떠다 아씨 방으로 올려보내고!


길쌈댁과 길복이 안으로 퇴장.


**마님**    (바우에게) 네 이놈! 왜 봄이가 네놈 지게에 실려 왔으며 쟈 발목이 어찌 저리 된 건지 어서 소상히 아뢰지 못하겠느냐? 그리고 중천 해걸음이면 읍내 장엔 두 번은 다녀올 수 있을 터인데 어찌 이리 더디 왔더냐? 어서 직고하지 못하겠느냐?

**바우**    (고개를 떨군다)

**마님**    (지게 앞으로 가서) 마름이 시킨 포목점 물건들은 다 챙겨온 거냐? 그런데 아니 이건 또 무어냐? 아니 이것들은 다 서책이 아니드냐?

**바우**    …

**마님**    이런 죽일놈 보았나! 아니 남의 집 종살이하는 놈 주제에 무슨 글을 읽겠다고 이런 서책들을 가지고 댕긴단 말이드냐. 천것이 글을 읽으면 그것이 경칠 일이라는 걸 몰라 이런 게야? (마름에게) 안 되겠다. 마름이, 저놈을 혼구녁 내줘야겠다!

**마름**   저 마님… 한번만 용서해주세유… 안즉은 애나 다름없는 어린 것 아닙니까요…

**마님**   무어라? 이런…!

이때 기침소리와 함께 등을 든 덕칠이와 홍진사 등장한다.

**홍진사**   아니 웬 소란들이냐?

**마님**   (얼른 자세를 바꾸고) 아이고 영감 지금 오십니까?

**홍진사**   무슨 일로 이렇게 집안이 시끄럽냐고 묻질 않소?

**마님**   에구 별거 아니에요. 게을러터진 종놈들 좀 나무라던 참이니까 사념치 마시고 어서 안으로 오르시구려.

**홍진사**   에헴! (마루로 올라가 안방으로 퇴장한다)

**마님**   (작은 소리로) 마름은 내 명이 떨어지기 전까지 저놈을 광에다 가두게나. 밥도 주지 말고! 아니 상전이 물으면 연유를 말하면 될 것을 어디서 버릇없이 함구하는 게야! 못된 놈 같으니라구. (안방으로 퇴장)

**마름**   (잠시 후 바우에게) 아 이놈아 뭔 일이 있으면 있다고 이실직고하믄 될 걸 가지고 왜 그리 꿀 먹은 벙어리 모양으로 서 있다가 이런 경을 치는 거여! 이놈아! 정말 뭔 일 있었던 게냐?

| 바우 | 아… 암일도 없었시유! |
|---|---|
| 마름 | 그럼 암일 없다고 말씀드리면 될 걸 가지구 왜 입은 다물어 마님 심기를 사납게 하는 기여! 어여 마님 눈에 띄기 전에 광으로 가자! 암소리 말고 오늘 밤만 좀 힘들더라도 참고 있거라. 어여 어여 가! |

바우 눈물을 훔치며 마름 뒤를 따라 퇴장. 잠시 후 홍진사 의관 갈아입고 대청마루로 나와 마님과 마주한다.

| 마님 | 먼길 다녀오시느라 목이 갈하셨을 텐데 두견주라도 내오라 이를까요? |
|---|---|
| 홍진사 | 뭐 그러든지. |
| 마님 | 게 밖에 누구 있느냐? |
| 길쌈댁 | (달려나오며) 부르셨어유? 마님! |
| 마님 | 그래, 나리께서 드실 상차림을 내오게나. 약주는 광으로 가서 두견주로 걸러 내오고! |
| 길쌈댁 | 네, 마님! (행랑채로 퇴장) |
| 마님 | 그래 다녀오신 일은 어찌 되었습니까? 영감. |
| 홍진사 | 어찌 되긴 뭐가 어찌 돼! 아녀자들은 나설 일이 아니라고 했잖소! |
| 마님 | 그래도 사대부집 사이에 벌어진 일인데 명색이 종부인 저한테는 말씀을 좀 해주셔야지요! 왼종일 궁금해서 혼났습니다. |

**홍진사** 들어 좋은 일만 같다면야 내 말해줄 수도 있겠지만서도 아니 들어도 될 일을 왜 자꾸 보채는 게요! 그나저나 아까 전에 뭔 일로 그리 소란스러웠던 겁니까?

**마님** 아! 글쎄 봄이란 년이 저녁 내내 안 보여 애태우고 있던 차에 해 저문 지 한참 되서야 바우란 놈이 우리 봄이를 지게에 태우고 집으로 돌아왔잖지 뭡니까!…

**홍진사** 아니 무… 무어라?

**마님** 그리고 우리 봄이가 발목을 다쳤는지 걷질 못하잖수. 그래 바우놈더러 어찌된 영문이냐고 물었는데 글쎄 이놈이 무슨 사연인지 꼼짝을 않고 함구하고 있잖아요. 그래 내 언성을 조금 높였던 겁니다.

**홍진사** 아니 발목을 다치다니? 얼마나요? 혹 뼈가 상한 건 아니요? 이런 젠장, 아, 임자는 집안을 어떻게 다스렸길래 이런 사변이 난단 말이요? 그래 의원은 불렀소?

**마님** 뭐 겉보기에는 뼈가 상한 정도는 아니고 발목을 접지른 것 같아 내 아랫것들에게 찬물로 부기를 빼고 돼지기름과 사향을 발라주라 일렀지요. 그래도 낼 아침에 부기가 있고 진통이 가시지 않는다면 곧 바로 의원을 부를 테니 영 감은 너무 심려 마셔요!

**홍진사** 에이 참!

**마님** 아, 그나저나 정말 말씀 안 해주실 거예요?

**홍진사** (주변을 살피며) 허 참… 잘 들으시오 부인! 내 금일 종친 회 갑연에서 들은 얘기오만 계유정난의 공신으로 예조판서로 등극한 그 형님께서 참으로 그릇된 행실로 종가에 누를 끼쳤다 하더이다! 아무리 권세가 좋기로서니 당신의 숙부 되시는 집안 어르신한테 그리할 수는 없는 게지. 지금 종친들의 노기가 이만저만이 아니요. 노기도 노기이지만 다른 문중사람들이 어찌나 우리 문중을 흉보는지 모두 다 얼굴을 들고 다닐 수가 없다 하더이다.

마님      아니 무슨 일이랍니까? 대궐 안에서 뭔 일이라도 났습니까?

홍진사    대궐은 무슨 대궐… 우리 홍씨 가문의 일이라니까?

마님      가문 일이라구요?

홍진사    회인에 사시는 당숙어른 계시잖소 집성이 형님이라고 왜 그 인물 좋다시는… 그 형님의 부친 되시는… 우리로서도 7촌 당숙 되시는 어른 말이요. 그 당숙어르신께서 친조카가 나라 공신으로 판서까지 올랐으니 당연히 남도 구하는 벼슬자리를 당신 자식을 위해 청하질 않았겠소!

마님      그래서요?

홍진사    따지고 보면 판서인 우성이 형님에게는 삼촌이요 또 그 우성이 형님 어렸을 때는 집안이 몹시도 가난해서 그 당숙어른께서 삼촌으로서 조카를 매일 거두다시피 했고 또 그 아들 집성이 형님은 우성형님과는 함께 동문수학한 동무이기도 하니 한번 거두어줄 만도 하겠다싶어 청한 일인데 글쎄 그 형님이 일언지하에 거절을 했다지 뭡니까!

마님      저런…!

**홍진사**  근데 그게 다가 아니었소! 청원한 사람이 남도 아닌 삼촌인데 벼슬을 하려면 자기에게 논 20두락을 가져오라 했다는 게야. 이에 그 당숙어른께서 그 면전에다 대고 '그대가 옛날 어렵게 살 때 내가 자넬 10년이나 넘게 거두었는데 어찌 그 은혜도 모르고 이제 나라 재상이 되었다고 이럴 수가 있는가'라고 고함을 치셨던가 보오. 그랬더니 우성이 형님이 자기 옆에 있던 무사 놈에게 저 늙은이를 당장에 내치라고 오히려 역정을 내었다지 뭡니까.

**마님**  아니 뭐라구요? 저런 저런…! 그래 어찌 되셨나요?

**홍진사**  그런데 정말 어처구니 없게도시리 그 무사놈이 날아가는 새도 떨어뜨린다는 제 상전의 말이니까 그냥 곧이곧대로 당숙님을 뒷터로 끌고 가서는 단칼에 목을 쳤다지 뭡니까!

**마님**  (놀래며) 에그머니나?

**홍진사**  사람이 사람이 아닌 게지! 어디 나라 벼슬을 한다는 사람이 지켜야할 삼강오륜도 지키지 못하고 그렇게 금수 같은 짓을 할 수가 있단 말이요?

**마님**  (눈물지으며) 아이고 당숙님… 억울해서 이를 어찌하누!

**홍진사**  그리고는 그도 달리 뭐라 변명하기가 곤란하니까 자기 죽은 삼촌의 시신을 한밤중에 몰래 종놈들을 시켜 어느 야산에다 암매장을 시켰다는 거요!

**마님**  아니 세상천지에 저런 망할… 아이고 우리 당숙모님 불쌍허서 워떡한데요?…

**홍진사**  이에 당숙모님께서 이 억울함을 호소하고자 형조에게 상

고장을 올렸으나 접수받기조차 꺼려하였고 사헌부에서조
차 말을 듣지를 않는다고 하니 이를 어찌 하면 좋겠소! 수
신제가치국평천이라 했건만…

**마님**    (눈물 지으며) 아니 그럼 문중에서는 모두 가만히들 있었답
디까? 그래 오늘 종친회에서는 뭐라 결의를 하셨는데요?

**홍진사**    쉿. 조용히 하오! 아랫것들이 듣겠소! 지금 종친들이 분에
솟구쳐 울분을 토로하고 난리 난리지만 어찌하겠소? 상대
는 정난 2등공신으로 산천초목이 그의 호령에 떤다는 세
상인 걸… 그러니 이일을 어찌하면 좋단 말이요

이때 바깥에서 길쌈댁 주안상을 차려들고 소리를 친다.

**길쌈댁**    마님! 본부대로 주안상 대령했습니다요!

**마님**    (눈물을 훔치며) 알았네! 어서 들여보내게!

음악과 함께 조명 F.O

# 4.

하늘에 둥근 달이 떠있고 무대 우측에 놓여있는 행랑채에 딸린 광 안에만 조명이 희미하게 비춘다. 바우가 짚단을 베개 삼아 누워있다. 이때 길녀가 등을 켜고 보따리를 들고 조심스럽게 광문 앞으로 다가선다.

**길녀**   (소리를 죽여가며 조용히) 바우야! 바우야 자는겨? 바우야!

**바우**   (벌떡 일어나 앉으며) 누구여? 길녀냐?

**길녀**   그려 내여! 내 들어 간다. (조심스럽게 광문을 열고 들어온다)

**바우**   아니 워쩐 일인겨? 이 밤중에…?

**길녀**   아, 워쩐 일은 워쩐 일이것어! 니 저녁도 거르고 이러고 있응께 내 맴이 안돼서 왔지! (보따리를 내어밀며) 자. 어여 이거 먹어야 우리 엄니가 싸준 거여! 감자여!

바우 보따리를 열고 허겁지겁 감자를 먹는다.

**길녀**   아 천천히 먹어 그러다 체할라! (등을 문지르는 듯하다가 등에 다 자기 얼굴을 갖다댄다)

**바우**   아니 뭐하는 짓이여, 시방?

**길녀**   아! 참 따뜻허다. 이대로 바우 등에 머릴 대고 잠들고 싶네!

**바우**    (몸을 돌리며) 아 왜 이러는겨! 남사시럽게! 얼릉 저리 비키지 못혀!

**길녀**    바보 같으니라구! 다른 집에서는 종살이하는 얘들이 다들 숨어 이런 재미로 산다는디⋯ 니는 워째 그런다냐?

**바우**    뭐라고 지껄이는 기여? 그거이 젊은 처자가 헐 소린겨? 자, 그만하고 얼릉나가. 난 잠 좀 자야겄어 어여!

**길녀**    그려 알겄다. 내 니 맘 모를 줄 알구? 체, 언감생심 인물 좀 잘났다구 종놈 주제에 자기 상전인 아씨를 넘겨봐?

**바위**    아⋯ 아니 뭐라구?

**길녀**    내 모를 줄 알었냐? 내 진즉부터 네놈이 우리 아씰 마음에 두고 있었다는 걸 다 알고 있었지! 에라 이 도둑놈아!

**바우**    뭐⋯ 뭐라구 도둑놈?

**길녀**    그럼 도둑놈도 아주 상도둑놈이제. 어째 우리 아씨 맴을 도둑질해 갈 수가 있어?

**바우**    ⋯

**길녀**    송충이는 솔잎을 먹고 살어야 헌다고 하지 않었냐! 니가 훔쳐갈 마음은 아씨가 아니라 바로 내여. 바로 이 맴인겨! 알었냐 이 도둑놈아!

**바우**    너 그 주둥이 닥치질 못혀?

**길녀**    웬 큰소리? 너 그러다가 내 맴 길복이나 덕칠이 놈이 뺏어 가면 워쩔 건데? (얼굴을 바우에게 바짝 들여민다)

이때 덕칠이 어둠속에서 다가와 광문을 열고 들어온다.

**덕칠**  아니 지금 이게 무슨 짓거리들인겨?

**길녀**  더… 덕칠아!

**덕칠**  이런 명나라 오랑캐 새끼놈들 같으니라구. (바우를 내려치려고 한다)

**바우**  왜 이러는겨? 왜 나헌테 손찌검을 할려구 지랄인겨?

**덕칠**  이 새끼야? 벌을 받든 경을 치든 혼자만 받을 내기지 왜 길녀꺼정 다치게 하려고 이 야심한 밤에 남의 젊은 처자를 불러내 이런 사담인겨! 정말 내 손에 한번 죽어 볼끼여?

**바우**  아이고 우리 성님 정말 웃기고 자빠졌네! 아니 누가 누굴 불러냈다고 이러는 기여? 내 이라고 두 손 두 발 다 묶여 갖고 이렇게 광에 갇혀 있는데 죽을라고 길녀야 하고 큰 소리로 불러냈을까?

**덕칠**  (갸우뚱하다가) 허긴 그렇구먼… 긍께 이 쌍년이 지 발로 기어들어온 거라 이 말이지라?

**길녀**  덕칠아! 내는 우리 엄니가 저 바우 불쌍타고 감자 좀 갖다 주라고 혀서 이리 쬐까 온 기여. 다… 달리 다른 생각은 말어야!

**덕칠**  하여간 이 계집년이 지랄이구먼 그려, 바우놈 오기 전엔 길복이 놈헌테 찝쩍대더니만… 너… 이리루 와! 너 정말 죽고잡아 환장했냐? (손을 번쩍 치켜든다)

**길녀**  엄니! (두 팔로 얼굴을 가린다)

**덕칠**  너 일루 나와 (길녀를 낚아채듯 손을 잡아끌고 광 밖으로 나간다)

**길녀**  아야… 아야 살살 좀 해 내 따라 나갈탱께!

덕칠이 길녀를 잡아끌고 어둠 속으로 사라진다.

바우    (몸을 털고 자세를 바르게 한다) 미친 것들… (잠시 침묵) 그나저
       나 아씨 발목은 괜찮은지 모르겠네? 그렇게 심한 건 아닐
       텐디… (창살 틈으로 비치는 달을 보고는) 오메… 달 좀 봐, 댑다
       곱네 그려! 우리 봄이 아씨 얼굴 같구먼…!

       풀피리소리 구성지게 울려 퍼지면서 F.O

# 5. 다시 안채 마당

무대 밝아지면 덕칠, 길복, 마름, 길쌈댁, 바우, 꺼꾸리네, 청천댁
모두 마당에 나와 비질하고 전 부치고 콩 갈고 장작 패고 손님맞
이로 바쁘다. 이때 까치소리 요란하게 들린다.

**꺼꾸리네**  오메! 뭔 까치가 조로콤 요란하게 짖어대는 기여? 까치집
에 구렁이라도 기어 들어갔남…?

**청천댁**  에그머니나! 저 저 말버릇하구는… 아 저렇게 말 못하는
짐승도 지져대면 이 집에 귀한 손님이 오는가 보다 하면
될 걸 가지구 뭔 징그럽게시리 구렁이 타령이여. 난 그놈
오 짐생 이름만 들어도 소름끼치는디…

**꺼꾸리네**  내는 뭔 손님만 온다면 그것이 더 소름끼치는 일이구먼
유. 우덜 집안 식솔들 삼시세때 밥 해대는 것도 온 몸이 삭
신 쑤시는디 이러콤 남의 손님 치룰라치면 마님헌테 또
뭔 트집잡힐라나 싶어 아주 몸살이 난다니께유. 몸살이…
절간 땡중이라도 좋은게 낼 댈구 간다는 사내놈이나 온다
면 또 모를까…

**길쌈댁**  아. 그렇게 입만 열면 농인지 맴인지 사내놈 타령을 해댈
거면 진즉 거지 똥구대기라도 잡고 마님헌테 살림 차려
달라고 허지 여태 뭘 했어!

**꺼꾸리네**  거지 똥구대기요?

**길쌈댁**  그려 거지 똥구대기가 워째서! 사내들이란 모다 벗겨놓고 때 베끼면 다 그놈이 그놈이지 뭐 별수 있간디…

**청천댁**  으그 성님도 참. 마름어른 옆에 있구만시리.

**길쌈댁**  옆에 있음 뭐 내 틀린 말한 기여? 남여 골라 가릴 것 하나두 없어! 화무십일홍이라구 젊을 때 잠깐말구는 늙어 나이 들면 다 그놈이 그놈이고 그년이 그년 잉기여 그놈오정 때문에 사는 거지. 아, 안 그려?

**꺼꾸리네**  지는 모르지라. 이태 동안 정분 낼 임자도 만나본 적 없고 또 낼 보쌈해갈 놈도 이 보은 땅에는 한 놈도 없는 거본께 성님 말이 맞는지 틀리는지 내는 정말 모르지라!

**마름**  아, 조용히들 좀 못혀! 젊은 애들 옆에서 같이 일하는데 나잇살 먹은 여편네들이 못하는 소리가 없구먼 그려!

**청천댁**  아 자들이 뭐 얼라들인 줄 알어유! 알거 모를 거 우덜보다 더 잘 알어유! (길복에게) 안 그냐?

**길복**  (떡방아 찌며) 아는 거야 열 살 때부텀 알았지만서두 아즉 써 먹어보질 못혀 이 홍두깨가 곰팡이 설었구먼유!

**길쌈댁**  야, 이놈아!

**일동**  (박장대소한다)


이때 마님 대청으로 등장.


**마님**  아니 일들은 않구 뭔 사담들이 그리 많은 게야! (마름에게)

어찌 되가는가? 대충 손님 모실 차빈 다 끝낸 건가?

**마름**    예 마님! 본부하신 대로 들일 건 들여놓고 챙길 건 죄다 챙겨놓았는데 (길쌈댁에게) 임자! 정지간 일도 다 되얐지?

**길쌈댁**    야! 마님 지들 정지간 쪽 일도 염려없구먼유! 쬐까 손이 모자라 그렇지…

**마님**    이제 곧 종친 어른들께서 당도하실 시간이니 어서 마저 서둘도록 해… 참 모다 하던 거 멈추고 내 하는 말 조신히 들 듣게나! (모두 마님 쪽으로 머릴 향한다) 오늘 종친어른들께서 회합하시는 일은 문중에 중대한 대사이니 행여 뭔 일인가 싶어 근처에 얼씬거렸다간 크게 경칠 터이니 아예 얼씬도 하지 말거라… 알아들 들었느냐?

**일동**    (각자 대답한다)

**마님**    (마름에게) 그리구 마름만 안채에 멀찍이 서 있다가 영감마님이나 내가 부르면 속히 달려와 시키는 일을 거두어 주게나!

**마름**    네 마님!


이때 바우어멈과 할멈, 머리에 숯단을 한 짐 지고 대문입구로 등장.


**바우어멈**    계신지요!

**길쌈댁**    아니 이게 누군겨? 바우어멈 아녀! 에구 할멈도 오셨네유.

**마님**    누군가?

**길쌈댁**    야! 가마골에서 온 바우어멈과 할멈이구먼유!

**마님**  그래 어서들 오게나. 그런데 뭔 일인가? 머리에 지고 온 그것이…?

**바우어멈**  (머리 짐을 내려놓고 깊숙이 허리를 굽히며) 마님! 그간 강녕하셨는지요? 애아범이 어제 숯가마 여는 날이라 질 좋은 숯덩이를 골라 진사어른댁에 먼저 좀 갖다드리라고 해서 이렇게 왔습니다.

**마님**  그래? 암튼 고맙네! 그런데 참 자네들! 마침 오늘 우리 집안에 귀하신 종친어른들 회합이 있는 날이라서 일손이 부족한터, 내 품삯은 넉넉히 줄 터이니 반나절이라도 우리 집 정지 일 좀 도와주고 갈 수 있겠나?

**바우어멈**  (할멈을 쳐다보고는) 네 그리하겠습니다.

**마님**  고맙네. 그럼 길쌈댁이 저들을 데리고 가 일을 거들게 하고 모다 내 좀 전에 일러준 말 명심하고 어서 하던 일들을 계속하게나!

**일동**  (대답을 한다)


마님 퇴장.


**길쌈댁**  가마골네. 이리루 좀 와봐유! 이 시각에 예까지 왔음 꼭두새벽부터 길떠났을 텐데 얼마나 시장하겠누! 어머님하구 아침두 거르고 왔제? (바우에게) 얘 바우야! 널랑은 어서 그 숯보따리 광으로 옮겨다 놓고… 종친손님들 죄 떠나고 나믄 이따가 정지간으로 오너라. 우선 니네 할미와 엄니 요

기부터 시켜야 쓰것다.

**바우어멈** 아닙니다. 저희는 괜찮아요.

**길쌈댁** 아 괜찮긴 뭐이 괜찮아! 얼굴 보면 딱 알겠구먼. 자 낼 따라들 와요. (바우어멈 손을 잡고 뒤쪽으로 퇴장)

**청천댁** 아휴 바우어멈 행색에 비해 얼굴이 참 곱네 그려, 그러고 본께 바우가 지 에미를 닮았구먼. 오래 전에 한양객주에서 일하다 왔다더니 한양물 먹고 온 사람들은 뭐가 달라도 다르다니깐! 말씨도 조신허구… 바우할멈도 말씀은 없으셔도 그리 천스럽게 보이지가 않구…

**길녀** 그렇죠! 아줌씨도 우리 바우엄니 허시는 말씀이 뭐랄까 나근나근 조신하다 생각하지유?

**꺼꾸리네** 아니 야 봐! 뭐 지 시엄니라도 만난 것처럼 얼굴이 벌개갖고 촐싹대네 그려! 뭐 우리 바우엄니? 아니 그럼 니들 벌써부터 그렇고 그렇게 된 기여?

**길녀** 글쎄요! 우리 바우한테 물어보세요 히히.

**꺼꾸리네** 얼라 이년 보게 갑자기 뭔 한양말씨를 다 쓰고…

**덕칠이** (끼어들며) 뭐가 그렇고 그런 사이여? 이년은 지가 진즉부터 점지해 논 년인디…

**길녀** (실눈으로 이마를 찌푸리며) 얼라 덕칠이 너! 이 나쁜 새끼! (휑하니 퇴장)

**덕칠이** (길녀 뒷모습을 바라보며) 히히히! 고년 좀 보게 성깔머리하곤…

**청천댁** (주걱으로 덕칠이 엉덩이를 내리친다) 정신 차려 이눔아! 아무리 쌍것들이라지만 니들 눈에는 애, 어른두 안보이냐? 벌건 대낮에 남사스럽게시리…

**덕칠이**   아! 고모 아파유.

**청천댁**   이눔아, 그럼 아프라고 때리지 간지럼 타라고 때렸을까? 어여 패던 장작 마저 패고 사랑채 손님들 방에 불이나 넣어! 행여 고뿔 걸렸다고 마님헌테 경치지나 말고!

**덕칠이**   고모, 두고 봐 인자 곧 저년이 내 색씨가 될 탱께… 히히.
(벙실대며 퇴장)

**청천댁**   뭐야?

**까꾸리네**   으그 좋은 세월이다. 저리 젊은 것들도 이자 곧 짝짓기를 할 텐디. 내는 좋은 시절 홀로 보내고도 절에 땡중 한놈 내 댈 구 간다는 사내놈 하나 없으니 에고 서러븐 이놈오 팔자!

**청천댁**   긍께 길쌈이 성님이 거지 똥구대기라도 사내놈 하나 잡으라잖여!

**까꾸리네**   그려유. 그럴 수만 있어도 좋겠구먼이라!…


음악과 함께 무대 암전.

# 6.

무대 열리면 사랑채 마루, 홍진사 종친들과 술잔을 기울이고 있다. 모두 술이 거나하게 취했다.

**종친3**  말세 말세 세상 말세라더니 이런 말세가 또 어디 있단 말이요! 아니 세상 천지 개벽하듬 부모도 조상도 없어진답디까?

**종친1**  내도 지금까지 우성이 그놈 자식, 아니지! 지금은 윤성이라고 이름까지 바꿨다지! 암튼 그놈 얼굴보고 문중 지켜볼 양으로 암말도 못하고 지내왔다만서도 이거 우리 문중이 정말 잘못된 거야, (버럭) 만고역적 집안이 되었어!

**홍진사**  작은 할아버지! 언성을 낮추시지요. 그리고 그런 말씀일랑 아무리 종친들 사이라지만 듣기 민망하니 거두어 주시구요!

**종친1**  뭐야? 이놈아! 탁성이 네 이놈! 네놈도 우성이 그놈처럼 집안 어른도 몰라보는 종시 패륜무도한 놈이 되려구 그러는 게냐? 어느 안전이라구 이 할애비 말에 가타부타 토를 다는 거냐 이놈아!

**종친2**  당숙어른. (홍진사를 가리키며) 아무려면 이 사람이 달리 생각을 해서 그러겠습니까? 이 집안엔 저희만 있는 것이 아니라 밖에 아랫것들이 시중을 들고 있는 터라 혹시나 해서 드린 말씀이겠지요! 그만 고정하십시오. (홍진사에게) 아니 그런 가?

**종친1** 암튼 이제 우리 문중은 다 끝나 버렸다, 명색이 우리 집안은 대대로 충렬이 고고하여 그것을 문중의 내력으로 삼아온 집안이고 고려 개국 공신이신 홍은열 할아버님은 내 선친의 8대조요 자네들에게는 10대조 어른이신데 그런 우리 회인 홍씨 가문이 만고역적의 문중이 되었으니 이제 어찌할꼬? 죽어 저승에 가면 그 어리신 선왕마마를 어찌 뵈올 수 있으며 조상님들께는 또 무어라 속죄를 해야 한단 말인가? 자 어서 내 잔에 술을 부어라. 내 대명천지간 얼굴 못 들고 다닐 바에야 낮술에 취해 내가 세상을 보지 않는 게 더 편겠도다. 어서!

**종친3** 숙부님! 많이 취하셨습니다. 괜찮으시겠습니까?

**종친1** 괜찮다. 네 니놈들만 한 나이 적엔 독에 가득 담긴 술가마이고 가진 못했어도 마시고는 갔으니까! 그래도 내 반백리 길을 끄떡없이 혼자 걸어갔어. 이놈들아! (옆으로 쓰러져 잠든다)

**종친2** 자! 주변을 살펴보고 이제 우리 문중이 어찌해야 할 건지 한번 속에 있는 생각들을 그대로 각자 털어놓아 보세!

**홍진사** (일어나 밖을 살펴보고 자리에 앉으며) 바깥엔 아무도 근접하지 않도록 내 아랫것들에게 미리 경고해 두었습니다. 그러니 편히들 말씀 나누시지요!

**종친2** 그래 이제 우리가 어찌해야겠는가? 듣자하니 윤성이 그놈이 이제 곧 우정승자리에까지 오를 거라는 소문이 들리던데 우정승이고 좌정승이고 제 숙부를 목 벤 잔인한 놈이거늘 어찌 이대로 가만히 놓아둘 수가 있단 말인가?

**종친3** 허면 형님 생각에는 어찌해야 할 것 같습니까? 아직도 백성들 사이에서는 승하하신 어린 선왕의 죽음을 애통해 하고 있는 것이 분명하거늘 이제 또 다시 홍윤성의 일로 우리 문중이 씻을 수 없는 패륜문중이라 손가락질 받게 되었으니 참으로 난감하기 이를 데 없습니다.

**홍진사** 당숙어른! 이렇게 해보면 어떻겠습니까?

**종친2** 어서 말해보게나!

**홍진사** 소문에 듣자하니 수양이라는 자의 온몸에 종기가 돋아 문둥병 같이 해괴하여 이곳에서 가까운 충청도 온양 땅에 솟는 신비한 명약 약수를 자주 찾아 잠행한다 하니 그 시를 알아내어 우리 문중 모두가 나아가서 직접 홍윤성의 죄상을 낱낱이 수양에게 직고해보면 어떠하겠습니까?

**종친3** 그건 파리 한 마리 잡겠다고 장독 깬다는 말처럼 무모한 방안일 수도 있어? 만약 그리했다가 거절이라도 당하는 날엔 우리 회인 홍씨 문중은 말할 것도 없고 휘하의 모든 식솔들마저 다 죽음을 면치 못할 걸세!

**종친2** 그렇지. 홍윤성이라는 자가 어떠한 자인가? 그놈 열여덟 어린 나이에 지 형수 설씨가 간부 태만석의 유혹에 넘어가 병든 그의 형 홍대성을 독약으로 독살하자 아무도 밝혀내지 못한 이 감쪽같은 사건을 놈이 밝혀내고 백주대낮에 도끼로 지 형수와 간부를 찍어 죽인 놈일세! 어디 그뿐인가! 황간에 살던 제 당숙집에 들렀다가 당숙모가 태만석의 누이라는 사실을 알고는 그 당숙모까지도 죽이고 영동 마니산으로 도망갔던 놈이야. 그런 잔인한 성격으로 저가 저를 탄핵한 우리 모두를 가만히 놔둘 성싶은가? 더욱이 놈은 정난의 2등공신이라 왕의 신뢰가 이만저만이 아니고 곧 재상까지 오를 모양이던데 문중 따위를 생각이나 할 성싶은가? 그리했다면 제 숙부를 그리하지는 않았을 걸세. 그러니 좀 더 심사숙고 해보는 것이 나을 듯싶으이! 이란투석(以卵投石, 달걀로 바위치기)이야.

**홍진사** 이래도 아니 되고 저래도 아니 된다는 말씀들뿐이신데 그럼 어찌 하시겠단 말씀입니까?

**종친3** 달리 방도가 없으니 좀 더 천천히 방안을 모색해보자는 것 아닌가? 여하튼 서로 간 말조심허구 우리끼리라도 자주 만나 좀 더 머리를 맞대어 보십시다. 종친이라고 해서 다 같은 마음들은 아닐 테니까… 그건 그렇고 자네 여식 말일세 내가 알기로는 혼기가 찬 걸루 아는데 어디 점지해둔 혼사 자리라도 있는가?

**홍진사** 점지라니요! 당치도 않으신 말씀입니다. 그렇잖아도 내 당숙어른들 뵈올 때 우리집 여식애 혼사에 관해 긴히 간청드릴까 했었는데 마침 잘되었습니다.

**종친2** 어디 들어봄세!

**홍진사**   실은 당숙어른들께서도 아시겠지만 우리집 아이가 말을
하지 못하는 반벙어리올시다. 태어날 때부터 그랬던 것이
아니라 어릴 적 경기하는 애한테 그만 아편을 조금 멕이
는 바람에 오늘날까지 저리 말을 하지 않는 거 아니겠습
니까. 하지만 귓구녕은 밝아 무슨 말이라도 다 알아듣고
명나라 명의의 도움을 받아 수화라고 손으로 하는 말을
배웠사옵고 또 언문은 물론 사서삼경까지도 모두 익혀 제
법 필체가 남다르다는 평을 듣고 있는 아이옵니다. 어디
적당한 양반집 자제로 연분을 맺을만한 배필감이 없을런
지요?

**종친3**   글쎄… 허기사 말할 줄 알면서도 하지 못하는 거나 뭐 말
못하는 남의 집 며느리 살림이 다 그렇고 그런 게지. 오히
려 촐싹거리며 되바라진 입놀림보다는 침묵이 더 나을 수
가 있지 않겠나! 하지만 그건 우리네 생각일 테고… 암튼
들을 수 있고 손으로나마 자기 의사를 표시할 줄 안다고
하니 다행이로세. 게다가 배움이 깊다면 뭐… 그리고 그
아이의 자색이 그리 출중하다며?

**홍진사**   그래도 흉은 흉이 되겠지요.

**종친1**   (일어나 앉으며) 그렇지! 따지고 드는 집에서는 묵과하지 않
을 흉이 될 게야! 우리끼리야 그냥 묻어둘 수도 있는 일이
겠지만 남의 죽음을 내 고뿔만큼도 여기지 않는 게 사람
욕심 아닌가? 무턱대고 좋은 혼처만 찾기 보다는 먼저 저
아일 잘 이해해주고 아껴줄 수 있는 집안을 찾아보는 것

이 더 우선일 듯싶네! 아니 그런가? 모다 명심들 하게나 화무십일홍이야!

**홍진사**  내 그런 집이 있어 딸년 혼사가 잘 성사되기만 한다면 그 사돈집에 논마지기 3십 두락이라도 내줄 생각입니다요 작은 할아버지!

**종친2**  무어라 3십 두락…?

**종친3**  누군진 모르겠지만 그 집 크게 횡재하겠구먼 그래… 하하하.

**홍진사**  병신자식 둔 죄인이라고 죗값은 치루어야지요. 잘 부탁드립니다. 당숙님들!

**종친2**  어흠!…


음악과 함께 암전.

# 7.

무대 다시 밝아지면 광 한쪽에서 바우어멈과 할멈 바가지밥을 먹고 있다 이때 길쌈댁이 반찬을 들고 등장.

**길쌈댁**  천천히들 드시구라. 그라고 손님들 모다 갔응게. 손주놈도 만나보고 편히 놀다들 가시구유, 바우어멈! (반찬을 바가지에 좀 쏟아 부으며) 이것도 좀 먹어봐유… 손님상에 올랐던 고기반찬인데 뭐 어때유. 우리네는 맨날 이러고 먹고 살어유… 이렇게라도 해야 고기 맛을 보는 거지 아님 우리네 같은 사람들이 어디 우리 먹겠다고 이런 너비아니 같은 걸 구어 먹을 일 있겠수!

**바우할멈**  고, 고맙소. 그… 그런데 이 너비아니는 내가 좀 싸가지고 가믄 안 될까? 나는 이제 배가 좀 불러가…

**길쌈댁**  어이구 바우아범 생각나서 그러시는가 보네? 괜찮아유. 그냥 드시든 거 마저 드세유. 그럴까봐서 내 손대지 않은 찬으로 조금 챙겨뒀응게 그거 갖다가 아드님 드리세유… 참 늙어 곤백살 먹어도 자식새끼 걱정이라드니 어쩜… 이거이 부모 맴이라는 것을 자식놈들이 알아야 쓰는디…!

**바우어멈**  저… 아줌니!

**길쌈댁**  에? 으응, 왜 그려유?

**바우어멈**  우리 바우놈 좀 만나 볼 수 있을까요?

**길쌈댁**  아 그럼, 만날 수 있구말구. (이때 바우 손에 보따리를 들고 등장) 아, 마침 저기 오누먼 그려!

**바우어멈**  바우야!

**바우**  (달려와서 할머니를 껴안고) 할머니! 그동안 잘 계셨던 거지유? 엄니도… 그래 밥은 좀 뜨셨남유?

**바우할멈**  (눈물을 글썽이며) 그려. 마름댁 아줌씨가 한상 차려주어 이 사람하고 내는 잘 먹었다. 너도 때는 챙겨 먹은 기여?

**바우**  아, 그럼유.

**바우할멈**  우리 바우 고생이 많지!

**바우**  고생은 무슨 고생이래유 지는 모다 잘해주서서 편히 잘 지내고 있구먼유! 지보다는 할머님과 아버님, 어머님이 더 고생이지유! 할머니! 발등에 난 종기는 어떻남유? 어디 할머니 발 좀 보여줘 봐유!

**바우할멈**  아니 갑자기 발은 왜? 아녀! 내는 괜찮여! 이자 다 나았어!

**바우**  그래도 어디 한번 보여줘 봐유. 지는 할머니 발 땜시 고생 혀는 거 생각하믐 잠이 오질 않는단 말유!

**바우할멈**  그런 말 말어. 왜 할매 땜시 잠을 못 자누! 낮에 남의집살이 하느라 고단할 텐디 그리 잠 모자라 골병들면 어찌 하려구… 그리고 늙든 젊든 간에 아녀자가 함부로 버선발 내보이는 거 아녀. 내는 괜찮으니 어여 자네 어머니 손이라도 한번 잡아주게나!

**바우**  (어멈의 손을 잡으며) 엄니!

**바우어멈**  우리는 모두 잘 지내고 있으니 어디 어서 네 일간의 신상이나 이 어미한테 말해 보거라!

**바우**  아, 지한테 무슨 일간의 신상이랄 게 있겠시유! 그저 때마다 허연 이밥은 아니더래두 뜨신 보리밥 실컷 먹구 낮에는 일 허구 밤에는 모다 잠들기까지 두런두런 세상 돌아가는 이야길 나누다가 졸려 자는 것이 우리네 일간이지유. 엄니! 사람이 배고픔 없이 산다는 것이 얼마나 좋은 신순지를 이자 알 것 같어유? 그러니께 모다 지 걱정은 안 하셨음 해유…!

**바우어멈**  그래 어미 듣기 좋으라고 사설 읊듯 그렇게 때마다 끼니 잘 챙겨먹고 편하다 하니 거짓이라도 이 에미 마음이 한결 가볍구나. 니 아버진 소작료 몇 푼을 갚지 못하고 너를 이곳에서 종노릇 시키는 것이 가슴에 얹혀 가슴앓이꺼정 하는데… 그래도 우리 바우 아직꺼정은 어릴 때마냥 두 볼이 도톰하고 그 이쁘장한 모습이 사라지지 않았으니 정말 대견하구나. 그런데 개권유익(開卷有益)이라고 독서는 틈날 때마다 하는 거니? 네 아빈 항상 그걸 염려하신다…

**바우**  아, 엄니가 아버지께 잘 말씀드려 지 걱정 말라 하세유. 지는 약조 드린 대로 틈나는 대로 독서를 하고 있으니께유. 참 오늘 마침 잘 오셨어유. (들고온 보따리를 풀으며) 할머니. 그라고 엄니 이것들 좀 보세유. 지가 엊그저께 마님 심부름으로 보은장에 나가다가 산중에서 제법 큼지막한 삼을 캐질 않았겠시유?

**바우할멈**　뭐라 삼을?

**바우**　야, 정말로 삼이었구면유. 그래서 그걸 가지구 보은장터에 갔더니 서로 자기네한테 팔라고 하는 통에 지가 욕시로 욕을 봤지 뭐예유! 그래 지가 그것을 어떤 약초장수에게 넘겼더니 제법 큰 엽전을 주더구면유. 그래서 그 엽전으로 우리 할머니 발등에 난 종기에 바를 고약하고 아버지 서책 또 우리엄니 예쁜 꽃신 또 우리 동생 박달이가 좋아하는 엿가락 몇 개를 샀는디 이게 모두 그것들이여유. 자 보셔유!

**바우할멈**　(머리를 쓰다듬으며) 어휴 기특한 우리 바우.

**바우어멈**　(냉정한 말투로) 기특허긴 뭐가 기특혀유! 바우 너 이 에미 말 잘 듣거라. 우리가 아무리 궁혀 널 이집 종으로 이태 동안 넘겨줬지만 널랑은 이러면 안 되는 거여. 뭐? 삼을 뽑아 그걸 장터에다 내다 팔아? 그 짓은 투기전 행수나 장사치들이 하는 짓이거늘 왜 니가 그런 짓거리를 해야 해? 이 어민 니가 그런 돈으로 사준 이런 꽃신 안 신는다. 엿가락도 치우고 이 서책들도 모다 불질러버려라. (할멈에게) 어머니 갑시다. 내 이런 꼴을 보기 싫으니까 어여 가자구요. (일어선다)

**바우할멈**　(당황하며) 아니 그래두 그렇지 우리 바우가 애써서 마련한 것인디…

**바우**　엄니! 아, 엄니!

**바우어멈**　(할멈에게) 아 어여 가시자니까요!

**바우할멈**   응, 그려 그려! (함께 따라나선다)

**길쌈댁**   (정지깐에서) 아니 가시는겨? 응? 바우어멈 벌써 가시는 거
냐구?

**바우어멈**   예 오늘 정말 신세 많이 졌네요, 그럼 안녕히들 계세요. (뒤
돌아 인사하고 퇴장)

**길쌈댁**   (음식 보따리를 들고 나오며) 아 그럼 오늘 품 판 삯하구 여기
음식 싸놓은 거는 가져가야지, 글구 마님께서 숯값도 챙
겨주라고 했는디… 자 얼릉 이것들을 챙겨 가! 바우어멈!
아 바우어멈 그렇게 가면 워떡혀! (퇴장)


무대 음악과 함께 암전.

# 8.

다시 무대 밝아지면 청천댁 빨래를 한 짐 이고 대문으로부터 등장.

**청천댁**   (빨래를 내려놓으며) 아이고 죽겠다… 아이고 죽겠어!

**길쌈댁**   아니 꺼꾸리네는 어델 가구 동상 혼자서 그걸 이고 오는 기여? 참 힘도 장사여!

**청천댁**   아 그러게 말여유! 이 육실헐노메 여편네 글씨 아침에 눈 떠본께 지 이부자리만 말끔히 개놓고는 없어졌지 뭐예유! 방안에 분내 나는 걸 본깨 오늘이 또 보은 장날이더라구유 글씨!

**길쌈댁**   얼라? 그건 또 뭔 소리래! 분내 난께 보은장이라니?

**청천댁**   아, 성님두 꺼꾸리네가 늘상 입에 달고 사는 말 있쟎유. 지 델구갈 땡중 한 놈이라두 만나봤으면 소원이 없겠다구유!

**길쌈댁**   아, 그 말이었어! 미친 것 또 온 장터 휘젓고 다니며 분내 풍기겠구먼! 안방마님헌테 들키면 워쩔러구… 참네.

**청천댁**   (빨래를 옮기며) 아이고, 근디 요새는 뭔 일로 종친어른들 발걸음이 그리 잦대유? 우덜도 우덜이지만 젊은 것들이 일이 되다고 아주 죽을 지경이라고 허네유. 우리 덕칠이놈두 아주 죽겠다는 말을 입에 달구 살아유.

**길쌈댁** 쉬! 조용히 혀. 이 여편네가 경칠려고 환장을 했나… 아, 남의 집 종살하면서 일되다 죽겠다 허믐 매 맞고 멸시나 당허지 달리 대접해줄 것 같어? 내 여러 집 겪어봤지만 서두 이런 상전은 없었어!

**청천댁** 허긴 그거야 그렇지유. 우리 덕칠이놈 신세가 불쌍혀 한 말이구먼유!

**길쌈댁** 근데 덕칠이놈은 워떻게 이 집으로 오게 된 거여?

**청천댁** 어이구 말도 말어유! 갸 얘길 할라치면 그 곡절이 말티재 매냥 꼬불꼬불한 고갯마루 열댓 개도 모자를 꺼유 아마!

**길쌈댁** 아 뭔 곡절이 그리 많아 말티재 열댓 개보다 길다는 기여?

**청천댁** 걔 에민가 미친년인가. 얼굴이 말상이라서 두 번씩이나 소박맞고 혼자 살던 과부년이었는디… 글씨 내 동생놈이 밤귀신에 씌었나 그년하고 붙어살더니만 저거 낳든 해에 고만 죽어뿌리더라구요. 근데 진짜 사지육실할 년이지 지 서방 죽자 한 달도 못 돼가지구 저걸 괴산마루턱 주막집에다 그 어린 핏덩이를 내팽개치고는 워떤 젊은놈하고 도망가 뻐렸쟎유. 지는 증말 아무것두 몰랐시유! 지도 이래 남의 집 종살이를 허구 있었응께요. 근데 글씨 그래도 핏줄이라고 덕칠이 저것이 한 대여섯 살쯤이나 됐나 낼러 고모라구 찾아왔더라구유. (행주로 눈물을 훔치며 코를 푼다)

**길쌈댁** 어린 것이 혼자?

**청천댁** 어데유? 그 못된 주막집 여편네가 낼 알아내갖구 델구 왔던 거쥬! 근데 그 어린 것이 월마나 눈칫밥을 먹었던지 낼

그래도 고모라고 바싹 안기면서 사흘 밤낮을 울며 떨어지
질 않더라구요 글쎄.

**길쌈댁**  (같이 눈물을 훔치며) 어이구 그랬구먼. 쯧쯧 불쌍도 허지.

**청천댁**  그래 그때부터 저걸 자식 삼아 서방 삼아 이래 동가숙서
가식하며 떠돌다가 이 댁까지 오게 된 거쥬.

**길쌈댁**  어휴, 시상에⋯ 시상에.


이때 마름 급한 걸음으로 등장.


**마름**  (길쌈댁에게) 내 다녀왔네! 나리마님 안에 계신가? 어디 출
타하시진 않았지?

**길쌈댁**  그럴걸유. 안방마님이 안에 계신 걸루 봐서 아마도 그럴
꺼유! 근데 밥은 자시구나 댕기는기유? 아 뭔 일인데 조반
도 거루구 식전부터 그 먼 거리를 다녀온 거래유?

**마름**  (갈쌈댁에게) 아, 뭔 일은 뭔 일이겄어! 우리 봄이 아씨 혼사
땜시 양반네집 서찰 전하고 오는 게지! (안쪽으로 다가가) 저,
나리마님 저 다녀왔습니다요 마름입니다요 나리마님!


홍진사와 마님 안방에서 나오며.


**홍진사**  오 잘 댕겨왔는가? 생각보다 빨리 왔네 그려! 우덜은 저녁
참에나 올 줄 알았는데⋯ 어서 이리로 올라오게나.

**마름**  바우놈 걸음이 원체 빨라가지구 설랑 이리 쉽게 다녀 왔

구먼유! (대청마루로 올라와 무릎을 조아리고 앉는다)

**홍진사**  그래 현감 댁에는 언제 도착했든가?

**마름**  진시 지나 사시쯤에 도착을 했습니다요!

**홍진사**  그래 현감나리는 두루 평안하시구?

**마름**  웬걸요… 현감나리께서는 출타중이라 하셨고 안방마님조차 사랑채에 얼씬도 안 혀서 그런 근황은 전혀 알 수가 없었습니다요!

**홍진사**  무어라? 그럼 자넨 누구에게 서찰을 전하고 왔더란 말인가?

**마름**  제 신분을 마름이라고 고해서 그런가 그 댁 마름이라는 자가 나와 우릴 사랑채로 안내를 하길래 할 수 없이 그 자에게 건넸습니다요!

**홍진사**  이런 괘씸한… 그래 그 자가 뭐라 하던가?

**마름**  나리마님! 실로 아뢰옵기 송구스럽습니다만 소인 말재주가 둔한지라 달리 말을 꾸며드릴 재간이 없어 그냥 들은 대로만 말씀을 고해도 되겠습니까요?

**홍진사**  그래야지. 자네 말재간 부리라고 보낸 거시 아니니까 어서 그냥 본대로 들은 대로 고하게나!

**마름**  그 마름이라는 자 나이가 쉰네보다는 대략 열 살쯤은 위로 보이기에 우대하며 공손히 대했더니만 아주 가관이었습니다요. 어찌 선왕을 모해한 홍씨 집안 가문에서 감히 평산 백씨 부사공파 집안인 백현감 집에 혼사를 거론할 수가 있느냐고 하면서 마치 저 자신이 제 집 문중어른이라도 된 양 제게 호통을 치듯 말했습니다요!

**홍진사**  무어라? 선왕을 모해한 가문이라 했다고? 이런 고얀…

**마름**  네 마님!

**홍진사**  (이를 악물고 인내하며) 그리고는 달리 다른 말은 없었든가?

**마름**  아! 나리마님의 당숙 되시는 상판리 진터에 사시는 영감 마님과 그 댁 현감나리께서 막역한 사이인지라 이 혼사이 야기가 서로 오가긴 했지만 먼저 당사자끼리 대면식을 거쳐 저희들이 좋다하면 그때 다시 생각해보고 차후에 기별을 할 거라 했다면서 그 자의 끝말이 저들 보고 정말 염치도 없다 하였습니다요…

**마님**  (역정을 내며) 아니 무어라! 지금 한 말이 모두 사실이렸다!

**마름**  아 어느 안전이라고 소인이 거짓을 아뢰겠습니까요 마님…! 저 그런데 쉰네가 그 신랑 될 당사자를 얼핏 보았습지요. 그도 우리한테 관심이 있어 그런지 근처에서 서성이다 사라졌는데 거 뭐랄까 기골은 장대한데 한쪽 다리를 심하게 절던 걸입쇼!

**마님**  아니 기골은 장대한데 한쪽 다리를 심하게 절었다구? 아이구 영감, 아니 됩니다!

**마름**  그리고 한 가지 더, 지들이 오다가 어느 주막에서 참 해괴한 소문을 들었습니다요. 마님!

**홍진사**  아니 해괴한 소문이라니?

**마름**  우리 지방으로 곧 어가행렬이 있을 거라고 하던 걸입쇼!

**홍진사**  (화들짝) 무… 무어라? 아니 어가행렬이라니?

**마름**　글씨? 쉰네는 까막눈에 듣는 귀조차 말뜻을 잘 깨우치지 못하는 유식이 무식인지라 정확한 것은 모르오나 나라 임 금님께옵서 일간에 이곳 속리산 사찰로 피접(避接)을 오신 다는 소문이었습니다요.

**홍진사**　피접이라니? 이런 촌구석에 뭔 볼거리가 있다구 피접을 오신단 말인가?

**마름**　글씨 쉰네가 그걸 어찌 알겠습니까요? 근데 사람들이 수 군대는 말에 의하면 임금님께옵서 벌써 여러 차례 이곳을 댕겨 가셨다고 하던 걸입쇼! 그것이 사실인 줄은 모르오 나 임금님 옥체에 발진이 돋아 명약이라는 명약은 죄 다 써보았지만 낫질 않았사온데 지난핸가 속리산 중턱 미륵 댕이 목욕소에서 희한한 일을 경험하셨다는 겁니다요?

**홍진사**　그런 소문이 있었지! 나도 잠시 듣긴 했네만 모두가 쉬쉬 하는 바람에 자세한 걸 듣질 못했는데 거 잘됐구먼. 어서 자네가 이참에 들은 대로 말해보게나!

**마름**　글씨 상감께옵서 미륵댕이 목욕소에서 목욕을 하시는데 웬 어린 동자 하나가 다가왔다지 뭡니까요. 그리고는 상 감마마께 '등 좀 밀어드릴까요? 할아버지?' 하더랍니다.

**마님**　그, 그래서…

**마름**　마침 임금님이 혼자 솔가지로 등을 미시다가 시원찮던 차 에 어린 동자에게 '그래 주겠느냐!' 하시며 등을 내밀었더 니 그 어린 동자가 정성껏 등을 밀어주더랍니다요. 이때 임금님이 아이에게 '얘야! 너 혹시라도 누굴 만나거들랑

이곳에서 나라 임금을 만났다고 하는 말을 해서는 안 되
느니라' 하니까 그 동자가 '그럼 할아버지도 문수보살을
만났다는 말을 절대 해서는 안 돼요' 하고는 금세 사라졌
다지 뭡니까!

**홍진사** 뭐… 뭐라고?

**마님** 아이고나 세상에! 그러니까 그 어린 동자가 바로 문수보
살님이셨구먼…

**홍진사** 그… 그래서 그 다음 이야기는 무엇이드냐?

**마름** 그 일로 상감마마 옥체 구석구석에 발진해 있던 욕창 같
은 종기들이 죄다 없어지고 어린애 같은 새살이 돋아났다
는 겁니다요. 이후 임금님께옵서는 소리 소문 없이 그 산
중에다 정자를 지으시고는 때때로 이곳으로 피접하신다
는 소문이었습니다요!

**홍진사** 오! 이 무슨 조화인고. 그러면 지금 우리가 이러고 있을
때가 아니잖은가?

**마름** 영감마님 왜 그러시는지요?

**홍진사** 아, 아닐세. 아무튼 수고했네. 그럼 자넨 그만 나가보게나.

**마름** 네 그럼 쉰네 이만 물러가겠습니다요. (자리에서 일어선다)

**홍진사** 아, 잠깐 마름 자네 말일세! 몸이 좀 고단하겠지만서도 지
금 곧 상판리 당숙 어른댁에 좀 다녀와야겠네?

**마름** 상판리 진골 당숙어른댁 말씀입니까요?

**홍진사** (자리에 일어서서 안절부절하며) 내 잠시 후에 당숙님께 드릴
서찰을 준비해올 터이니 그간 시장할 터 요기라도 하고

있게나! 오! 진인사대천명이로고!

무대 암전/ 음악과 함께.

# 9.

대청마루로 봄이 아씨 울며 뛰어나오고 이어 마님이 뒤따라 등장.

**마님**    아니 이것아! 그게 무슨 뜻이여? 시집을 가질 않겠다니! 그거이 딸년이 부모에게 할 짓이여? 사람은 모름지기 때가 되면 자기 배필을 만나 평생 해로하고 사는 거이 그게 사람의 운명이라는 기여!

**봄이(소리)**    글쎄 나는 싫어! 시집가기 싫단 말이여! 나는 병신이라고 놀림 받는 것도 싫고 동정 받는 것도 싫어. 그러니까 평생 아버지 어머니하고 이렇게 살기여 나는!

**마님**    이런 철딱서니 없는 것 하구는… 아 아버지, 어머니가 평생 니 수발이나 하고 살까? 사람 목숨이 천년만년 살 것 같으냐? 이제 우덜도 잠깐이면 늙어 꼬부랑 할애비, 할미가 되고 또 그러다 병들어 남 수발 받으며 살다가 저승으로 가게 될 거라는 걸 왜 몰라? 그게 사람팔자인데 니가 그걸 막을 수가 있어?

**봄이(소리)**    아무리 그려도 내는 싫어. 어머니는 왜 그렇게도 내 맘을 몰라주는 거여! 싫어! 싫단 말여! (울면서 대문 밖으로 뛰쳐나간다)

**마님**    아니? 저런 애! 봄이야! 봄이야! 혼사가 아즉 성사된 것도 아닌데 저 소동이라니… 남이 들으면 무슨 잔칫날이라도 받아놓은 줄 알겠네. (사이) 안 되겠다. 그, 안에 길녀 있느냐? 있거들랑 어서 좀 나오너라! 얘 길녀야! (고함을 친다)

이때 길녀가 하품하며 천천히 걸어 나온다.

**길녀**   부르셨는감유?

**마님**   그래 너 어서 밖으로 나가 봄이를 찾아오너라. 아니, 다 큰 계집년이 그것도 양반집 규수가 어딜 흥 잡힐려고 울며 집 바깥으로 뛰쳐나가는 거냐. 정말 철딱서니 없는 것 같으니라구. (길녀에게) 아, 어서 나가서 봄이를 데리구 오지 않고 뭐하고 그리 서 있는 게야?

**길녀**   (늘어지게 하품을 하면서) 아니, 마님! 봄이 아씨가 울면서 바깥으로 뛰쳐나갔다구유? 아니 왜 그렇대유?

**마님**   아니 뭐… 뭐야? 왜는 왜야! 그냥 빨랑 쫓아가 데리구 오라는 말 안 들려?

**길녀**   아, 뭔 일인지 알아야 지가 쫓아가서 델고 오던지 말든지 하쥬!

**마님**   네 이년! 너 잠꼬대하는 게냐? 왜 사람 말을 못 알아듣구… 아이구 답답혀 답답혀! (안쪽을 향해) 얘! 덕칠아! 덕칠아!

**길녀**   (화들짝) 아, 알았시유. 지가 갈게유, 지가 나가서 아씰 델구만 오면 되는 거쥬? (다시 긴 하품을 하며 대문 밖으로 퇴장)

**마님**   아휴 답답혀, 이젠 종년들까지 내 속을 뒤집어 놓는구먼 그려… (안쪽을 향해) 길쌈댁, 길쌈댁 안에 있나?

**길쌈댁** (안쪽에서 뛰어나오며) 네, 마님 부르셨남유!

**마님** 아니 길녀년이 왜 저러는 게야? 그리 촐랑되던 것이 왜 갑자기 저리 느려터졌어! 뭔 일이라도 있는 게야?

**길쌈댁** 아, 뭔 일은, 뭔 일이 있었시유?

**마님** 또 지 에미 믿고 늘어지게 자빠져 잔 모양이구먼 그래… 자네 분명히 알게나! 저년이 자네 딸년이기도 하지만 아직은 엄연히 우리집 종년일세! 자네 식구들 모두다 우리집 노비로서 그 문서를 우리가 가지고 있음을 명심들 하란 말일세! 알아들었는가?

**길쌈댁** 아, 여부가 있겠습니까요 마님!

마님 안채로 퇴장한다 이때 밖에서 소리가 들린다.

**소리** 이리 오너라, 이리 오너라.

길쌈댁 대문 쪽으로 다가간다. 그리고는 화들짝 마름을 부르며 안으로 들어간다

**길쌈댁** 아이구 길녀아버지. 길녀아버지!

마름 안쪽에서 급히 나와 대문을 열어준다. 이때 의관을 정제한 백 현감과 종친2 등장, 마름 대청마루 앞으로 가서 읊조리고 아뢴다.

**마름**　영감마님 하개리골에서 현감나리께옵서 당숙어르신과 함께 당도하셨습니다요!

이때 안채에서 급히 뛰어나오는 홍진사.

**홍진사**　아니, 무어라? 하개리골에서? (계단 밑으로 내려서며) 아이구 나리 어떻게 기별도 없이 이런 누추한 곳까지 행차하셨습니까? 당숙어른께서는 또 어인 일이시구요?

**현감**　하하하! 그간 강녕하셨소?

**홍진사**　아 여부가 있겠습니까요. 늘 염려해주시는 덕분으로 이렇게 쾌차하게 지냅지요! 자! 어서 위로 오르시지요! 당숙어른께서도 어서…

**종친2**　그러지. (현감에게) 자, 현감나리께서도 함께 오릅시다.

모두 대청마루에 오른다. 이때 마름이 아래서 현감을 쳐다보다 서로 눈이 마주친다.

**현감**　하하하 이보게 마름! 놀랬는가 보네 그려! 엊그제 마름이라 하며 마주하던 내가 현감으로 둔갑해 이리 방문을 했으니 아니 놀랠 수가 없겠지? 하하하.

**종친2**　아니 뭐라 하는 겐가? 이집 마름하고 무슨 얽힌 사연이라도 있었나?

**현감**　있다마다. 내 일전에 이 댁에서 서찰을 내 집으로 보내주었을 때 이 집 하인들의 됨됨이를 살펴볼 양으로 일부러 마름 복장을 하고 공연한 트집을 잡으며 저 자를 만났었지!

**홍진사**  아니 그럼 우리 마름이 만나 서찰을 건네주었다던 그 댁 마름이 바로 현감나리셨던 말씀입니까?

**종친2**  (현감에게) 자네 또 그 짓궂은 장난을 한 게로구먼…

**현감**  하하하! 이보게 마름! 그러니 이제 날 그만 이상한 눈으로 보지 말게나. 이것도 속임수는 아니니까 말일세! 그건 그 렇고 아참! (홍진사에게) 진사! 내 성급하지만 먼저 여쭤볼 말씀이 있소!

**홍진사**  네, 말씀하시지요!

**현감**  혹시나 그날 저 마름을 노새에 태우고 왔던 소년 말이요! 이 댁 종놈이라 하던데…

**홍진사**  (마름에게) 누구인가? 길복이었는가? 아님… 오 바우놈이었 지! 걸음이 빨랐다든…

**마름**  네, 바우놈이었습니다요.

**홍진사**  (현감에게) 네 우리집 종놈입니다. 하온데…?

**현감**  저… 잠시만 우리끼리 나누고자하는 대화가 있을 듯허니 좌중을 좀 물려주시면 좋을 듯싶소!

**홍진사**  (마름에게) 마름은 잠시 물러가 주안상 채비를 하라 이르고 부름이 있을 때까지 누구도 근처에 얼씬하지 않도록 해주 게나!

**마름**  네. (읍하고 퇴장)

**홍진사**  (현감에게) 말씀하시지요!

**현감**  참으로 이상한 일이요. 내 상주로 현감 부임하기 전 궐내에서 사헌부 훈련감으로 있어 상감마마의 용안을 조석으로 뵈오며 지내지 않았겠소!

**종친2**  그러했지! 그런데…? 그것이 어떠하단 말인가?

**현감**  또 오랫동안 사헌부의 감찰관, 훈련감 등 수장 노릇을 해온 터에 사람들 관상에 익숙한 터라 누구든 한번 스쳐 지나간 사람이라 할지라도 내 기억해내는 비상한 재주가 생기지 않았겠나! 그런데… 일전에 노새몰이로 내 집에 왔던 그 어린 하인놈 관상이 어쩜 그리도 임금의 용안을 쏙 빼닮았든지 내 기겁을 할 뻔했단 말일세!

**홍진사**  아니? 뭐라구요?

**현감**  백인백색이라 하지 않았습니까! 모든 만민들의 모양과 성격과 성품이 제각기 다 다르거늘 어찌 이런 일이 있을 수 있느냐 말이요? 틀림없이 임금의 용안과 골상이 같더이다. 닮아도 너무도 닮았소이다.

**종친2**  에끼 이 사람아! 또 소싯적 장난기가 발동했나 보네 그려! 나이가 들면 소싯적 버릇이 되살아난다더니만 틀린 말이 아니었구만…

**현감**  아, 그런 게 아니래두 그러네! 아무튼 참 해괴한 일이야. 내 혹이라도 그 종놈 얼굴을 다시 한 번 볼 수 있을까 하여 겸사겸사 이리 기별도 없이 온 것이니 혹시 그자를 볼 수 있게 해주시겠소? 은밀히 말이요! 그동안에 우린 서로 간 주고받은 서찰이야기나 좀 나눕시다.

**홍진사**　　그러시지요! 아니 그런데 이 사람들 무엇 하느라 여지껏 주안상도 올리지 않는 게야? (안채를 향해) 게 아무도 없느냐? 어서 들렀거라 어서!

음악과 함께 암전.

# 10.

무대 음악과 함께 어스름한 달밤, 행랑채 평상에서 바우가 풀피리를 불고 있다. 그러다가 심란한지 풀피리를 멈추고 하늘을 바라본다.

**바우(독백)** 젠장 오늘따라 뭔 달이 저리도 밝다냐?

이때 봄이 역시 대청마루로 걸어 나와 마루 난간을 부여잡고 달을 쳐다본다. 달이 마치 바우인 것처럼 생각하며.

**봄이(독백)** 바우 너도 들었지? 우리 부모님께서 날로 시집보낸다는 말을… 너는 어떻게 생각하는디? 내가 니를 두고 참말로 시집을 가야 쓰겠어?… 아, 어서 말해 봐! 내 시집을 가두 넌 아무렇지도 않은 거냐구?

바우 달을 쳐다보며 마치 봄인양 혼자 중얼거린다.

**바우(독백)** 워쩌겄시유. 지는 아가씨를 건사할 만한 능력도 없고 또 가진 거 없는 비천한 종놈인디유.

**봄이(독백)** 아, 또 저 소리… 아니여. 니는 그럴지 몰라도 내는 그렇치

못혀! 내는 바우 널 두고 다른 남자헌테 시집을 가지 않을
꺼구먼.

**바우(독백)** 아씨! 저 달을 보세유! 지금은 저렇게 둥근 달이 우덜한테
휜하게 비춰주지만 하루하루 시간이 지남에 따라 점점 모
습이 달라지면서 모습을 감추잖아유. 마찬가지루 사람들
맴도 모두다 세월이 지나믄 다 저렇게 달라질 거구먼유.
그 맴이 아씨가 아님 낼 수도 있구유!

**봄이(독백)** 넌 날 좋아한다구 했잖여! 글을 읽을 줄 아는 남아대장부
가 그럼 거짓뿌렁을 한 거란 말여?

**바우(독백)** 아씨! 그런 게 아니잖아유 왜 자꾸 지 맴을 아프게 한대
유? 지도 속맴은 터져 미칠 것만 같어유! 그러니 제발.

**봄이(독백)** 그럼 우리 도망갈까? 아주 멀리 이곳 보은 땅을 벗어나 천
리고 만리고 먼 곳으로 도망을 쳐서 아무도 우덜을 찾아
오지 못하게 혀서 우리 둘이서 오순도순 행복하게 살면
되잖여! 응? 바우야!

**바우(독백)** 진짜루 큰일 날 소리를 하는구먼유! 지는 그리 못 혀유.
지는 지 목숨보다 더 소중한 지 부모가 있어 그런 불효를
할 자신이 없구먼유!

**봄이(독백)** 그럼 워쩌자구? 그럼 난 차라리 죽어버리고 말 테야!

**바우(독백)** 큰일 날 소리구먼유! 신체발모는 수지부모(身體髮膚 受之父
母)라 했시유! 자식 된 사람들은 부모상 당하기 전까지는
절대로 그런 말 혀서는 안 되유! 그것이 얼마나 큰 불효라
는 걸 모르세유!

음악소리 은은할 때 마름채에서 길쌈댁의 소리와 함께 길녀의 울음소리가 들려온다.
바우와 봄이를 비추던 조명이 사라진다.


**길쌈댁(소리)**  아니 뭐시여? 아이고 이 망할 것이 진짜로 일 내버렸구먼, 일 내버렸어! 아니 도대체 니년이 나이가 몇 살이나 됐다고 벌써 그런 짓을 헌 기여!… 아이고 삼신할멈이요… 삼신할매요!

**길녀(소리)**  아 조용히 허란 말여. 내 이럴 줄 알고 말 안 할려구 했는디… 동네 챙피하게시리 이 오밤중에 웬 소릴 지르는 기여!

**길쌈댁(소리)**  아니 이년아 이 썩어 문드러져 죽을 년아! 동네 챙피한 건 아냐? 아 그런 년이 근본도 모르는 놈의 애를 가져?

**길녀(소리)**  근본을 모르긴… 우덜 집 울타리 안에 함께 기거하는 남정넨디!

**길쌈댁(소리)**  뭐? 뭐여? 우리 집안에 남정네? 누구여 그놈이? 아, 누구냐니까? 아, 말을 혀야 헐 거 아녀! 이년아!

**길녀(소리)**  히히히…

**길쌈댁(소리)**  아니 금세 울던 년이 웃어? 아 이 판국에 웃음이 나와? 아 워떤 놈이여? 아, 워떤 놈인줄 알아야 더 배불러 오기 전에 마님께 고해 혼례라도 치러줄 거 아녀!

**길녀(소리)**  증말? 내 말허면 진짜루 그놈한테 시집보내줄 꺼여?

**길쌈댁(소리)**  아니 이년이 증말 미쳤나! 그려 어여 말해봐! 워떤 놈이 널 이렇게 만든 기여. 아 어서 말허라니까!

**길녀(소리)**   바우!

**길쌈댁(소리)**   아니 뭐… 뭐시여? 바우놈이라구?


강한 음악과 함께 암전.

# 11.

다시 무대 밝아지면 안채 마당에 바우 무릎 꿇고 앉아있고 마님,
마름, 길쌈댁, 청천댁, 꺼꾸리네가 모여 있다.


**바우**  글씨 지는 아니여유. 지헌테 천만 번 물으셔두 아닌 건 아
니니께 아니라구 말씀드릴 수밖에 없구면유!

**마님**  허면 길녀년이 지금 거짓말을 하고 있단 말이드냐?

**바우**  예, 그렇습니다요! 그년이 분명 거짓말을 하고 있는 거예
유! 마님,

**마름**  이놈 바우야! 이러면 안 되는 거잖여. 어서 마님께 사실대
로 여쭈거라 어여!

**바우**  글씨 아니라구 몇 번이나 말했잖유! 아니여유. 지는 증말
아니란 말여유

**마님**  네 이놈 죽구 싶어 환장한 모양이구나. 일전에도 우리 봄
이 다리 다친 날에도 묻는 말에 함구하더니만 이제 상전
을 무시하는 것이 버릇이더냐 네 이놈 주리라도 틀어 네
놈 사내구실을 못하도록 혼쭐이라도 내야 정신을 차리겠
느냐? 내 그리하라 이를까!

**바우**  나리마님!… 글씨 아니라니께 왜 이러신데요 증말 흑흑…

**마님**  그래도 이놈이 (마름에게) 아니 되겠다. 이보게 마름!

| | |
|---|---|
| 바우 | 나리마님. 소인 증말로 길녀년과는 아무런 사심도 없었고 아무런 장난을 친 일이 없습니다요. 다만… |
| 마님 | 계속해 보거라 |
| 바우 | 다만 봄이 아씨에 대해선… (사이) 마님 차라리 죽여주셔 유… (통곡하며 운다) |
| 마님 | 네 이놈! 우리 봄이가 뭘 어쨌기에 죽여 달라는 것이드냐! 어서, 어서 바른대로 고하지 못하겠느냐! |
| 마름 | 이놈 바우야! 어서 마님께 속에 담고 있는 말씀을 고해드 리거라 어서! |
| 바우 | 아… 아닙니다요. 지, 지가 잘못 말씀드렸구먼유. 전 아… 아씨와도 아무런 상관이 없시유. 그러니 그냥 주리를 트 시든지 죽이시든지 마님 마음대루 하셔유. (더욱 소리 높여 운다) |
| 마님 | 이런 고얀놈을 봤나! 여봐라 길복이 놈 어디 있느냐? 그래 이놈 좋다 네놈이 네놈 입으로 주리를 틀든 죽이든 맘대 로 하라 했겄다. 길복아 어서 광에 가서 주리틀을 가져 오 너라 어서. |
| 마름 | (앞으로 나서며) 마님 고정하셔유. 저 어린놈이 세상이 어찌 돌아가는지 아즉 아무것도 모르고 하는 말입니다요. 아직 철부지라니까요… |
| 마님 | 저리 비키게! 길복이놈 어디 있는 게냐? |
| 마름 | 길복이놈은 나리마님께서 엊저녁에 본부하신 대로 저 바 우놈을 대신혀서 동트기 전에 하개리골 현감댁으로 가고 |

지금 없습니다요. 마님!

**마님**    그럼 덕칠이놈이 있질 않느냐? 어서 그놈을 불러오너라 어서!


이때 봄이 아씨가 달려나온다.


**봄이(소리)**    아니 되어요 어머님. 바우는 아무런 죄가 없어요. 바우에게 절대 주리를 틀어서는 아니 되어요 어머님!

**마님**    아니 봄이 너 이 무슨 짓이냐? 어서 썩 비키지 못하겠느냐!

**봄이(소리)**    어머님! 왜 아무런 죄도 묻지 않으시고 무조건 바우에게 죄를 주시려 하셔요? 정말로 바우는 아무 잘못도 없다니까요. 만약에 잘못이 있다면 그건 소녀에게 있는 것이어요!

**마님**    아니 무어라? 저리 비키거라! 저런 천것이 뭐라고 네가 끼어드느냐? 볼상 사납게끔… 어서 비키지 못하겠느냐 말이다.

**봄이(소리)**    어머니 사실대로 직고할게요! 실은 제가 바우를 좋아했어유. 저 혼자서 바우를 흠모하며 연정을 품어왔어요. 그러니 바우에게 벌하지 마세요. 네 어머니!

**마님**    아이구머니나 세상에! 아이구 세상에! 이 애가 지금 뭐라 하는 게냐? 연정이라니! 아이구 조상님네여!

**봄이(소리)**    사실이어요. 바우가 이태 전에 우리집에 왔을 때부터 저는 바우가 좋았어요. 그러나 저 혼자서 그런 마음을 가지고 있었을 뿐 바우는 내게 아무런 마음도 주지 않았고 그런 저를 늘 피해다녔어요 그러니…

**마님**    (버럭) 봄이 너! 그만 하지 못하겠느냐! 할 말이 있고 아니할 말이 있거늘 이렇듯 아랫것들 앞에서 이 무슨 망신이드냐! 어서 안으로 들어가거라 어서!

**바우**    아닙니다요 마님. 봄이 아가씨 말은 사실이 아닙니다요. 제가 죽여 달라 한 것은 실은 이놈이 아가씨를 흠모했기 때문입니다요.

**마님**    아이구나 시상에 이 무슨 험한 꼴인고… 천한 종놈이 제 분수도 모르고 지 상전의 딸을 넘보다니…

**바우**    그러나 저희는 서로의 마음만 확인했을 뿐 아무런 염려 끼칠 일들은 추호도 하지 않았습니다요. 아씨와 저는 그냥… 흑흑.

**마님**    (주변을 돌아보며) 모… 모두 듣거라! 지금 우리 봄이가 뭔가 고뿔이 들렸는가 보다. 지금 정신이 몽롱하여 잘못 말하고 있는 것 같으니 너희 모두는 썩 물러들 가 있거라. 그리고 괜한 억측으로 말들 지어내지 말고 반드시 함구하렸다. 알아 듣겠느냐!

**일동**    네!

이때 길복이가 급히 대문을 열고 들어오며 고함을 지른다.

**길복**     나리마님! 대문 밖에 종친어르신들께서 와 계십니다요!

이때 안채 안방 문이 열리며 홍진사가 얼굴을 내밀다가 일어나
대청으로 나온다.

**홍진사**   무… 무어라 종친 어르신들께서? 왜 하필 이러한 때에…
알았다. 내 나가 모실 터이니 (바우를 가리키며) 저놈을 광에
다 족쇄를 채워 꼼짝 못하도록 가두고 모두 물러들 가 있
거라. (마님에게) 어여 임자도 봄이를 데리고 지 방으로 데
리고 가 소리 나지 않도록 조심하고… 내 어르신들 가시
고 난 뒤에 직접 이 사단을 조치할 터이니까. 어서! (모두 각
각 흩어져 퇴장한다)

홍진사 대문 앞으로 달려 나가서 종친어른들을 맞이한다. 종친들
등장.

**종친3**    이보게 조카님! 큰일났네! 큰일이 났어!
**홍진사**   아니 큰일이라니요?
**종친2**    자 듣는 귀들이 많으니 우선 대청으로 오르세나. 그리고
주변을 좀 물리쳐주고 어서.
**홍진사**   네, 그리 합지요! (안으로 향해) 마름 안에 있는가?

마름 안에서 대답을 하며 등장.

**홍진사**   아니 나올 건 없고 아무도 안채에 발을 들여놓지 않도록 집안사람들에게 알리게나. 주안상도 내가 이를 때 들여보내고…

**마름**   네! 나리마님… (다시 안으로 퇴장)

**홍진사**   자! 어서 안으로 오르시지요. (모두 대청마루로 오른다) 자! 무슨 일이온지 편히들 말씀해주시지요 당숙어른!

**종친3**   아 글쎄 지난 초엿새 날에 그러니까 우리가 이 집에서 문중회의를 하던 날 말일세. 온양의 온궁으로 어가행차가 있을 거라는 말을 듣고 회인에 사시는 형수께서 전날 그리로 달려간 모양일세 그려.

**홍진사**   아니 그럼! 홍대감에 의해 해를 당하신 그 당숙모님께서 말씀입니까?

**종친2**   그렇지! 우리가 예상한 바대로 그 형수께서 끝내 일을 저지르셨다는 게야!

**종친3**   그 형수께서 상감이 도착하기 전날 밤부터 어가행렬이 잦다는 길목 버드나무에 올라 기다렸다가 어가행렬이 나타나자 나무 위에서 길게 호곡을 했다는 걸세.

**홍진사**   그, 그래서요?

**종친3**   당연히 어가행렬이 멈추고 상감께서 무슨 일이냐고 물으셨겠지! 그랬더니 형수님께서 행렬관리에게 "공신에 관계된 것이므로 한 걸음 사이에도 그 말이 변할 것이니 감히 말할 수 없소. 그러니 상감마마의 용안을 뵈옵고 고할 수 있도록 해주시요"라고 당당하게 말했다는 거야!

**종친2**    그러니 상감께서 멀리서 그 말을 들으시고는 형수님을 가까이 부르라 하셨고 형수님은 그 날 홍윤성이 행한 그 가슴에 맺힌 일들을 낱낱이 상감께 아뢰었다지 뭔가!

**홍진사**    그래 어찌 되었습니까 당숙어른?

**종친3**    어찌 되긴. 임금은 크게 대노하고 당장에 온양온궁으로 홍윤성대감을 대령하라 명하셨지. 그런데 말일세 그 윤성인가 홍대감인가 하는 자가 얼마나 교활한 자인지 들어보게나! 이 자가 상감 앞에서 무릎을 조아리고는 엉엉 울며 통곡하기를 '신 죽어 마땅한 죄인이옵고 또 그 일로 인하여 보름간 식음을 전폐하며 근신하였습니다'고 거짓으로 참회를 했다는 걸세. 우리네 사람 같으면 대노한 상감 앞에 아니라고 딱 잡아뗐을 텐데 말야! 그리하고는 자신이 어려서 배곯아 지냈던 소싯적에 그 당숙과 당숙모가 어찌나 자신을 구박했던지 그 순간에 그 기억으로 일시적인 분노가 치밀어 올라 내뱉었던 말을 수행하던 하인놈이 그냥 곧이곧대로 듣고는 칼로 자신의 숙부를 내려치는 바람에 일이 이 지경이 되었다고 하면서 용상 앞에서 대성통곡을 했다는 게야. 참으로 교활한 자 같으니라구…

**종친2**    상감 또한 울면서 죽여 달라 자복하는 홍윤성이를 보고 심기를 누그러뜨리고는 아직은 계유정난의 공신임을 감안하여 숙부를 칼로 내리친 종놈의 목만 베라 이르시고 차후 공신의 업적에 누가 되는 행동을 삼가라고 하면서 용서를 해주었다지 뭔가!

**홍진사**   오! 이 모두가 사실이라면 정말 큰일 아니겠습니까요, 당숙어른!

**종친3**   큰일이고말고… 그러니 우리가 이 벌건 대낮에 이리로 찾아온 게 아닌가! 반드시 그 홍윤성이는 문중이고 뭐고 족보를 따지지 않고 보복할 것이 뻔한 노릇! 장차 이 일을 어찌하면 좋단 말인가? 무슨 대안이 있어야 할 것일세…

**종친2**   금부도사 왕방연은 어린 선왕에게 사약을 내리라는 어명을 받았을 때 '감히 내 어찌 상왕전하께 그런 몹쓸 짓을 할 수 있겠느냐'면서 대신 사약을 마시고 자결하였다 하였는데 하물며 고려 개국공신의 후손이요 고려 말기 문하시중(門下侍中)을 지낸 홍연보(洪延甫)의 자손인 우리가 이같은 추문으로 근본 없는 문중이라는 풍문에 곤욕을 치루게 되었을 뿐 아니라 또다시 문중싸움으로 칼부림이 나게 생겼으니… 오호 통제로다!…

음악과 함께 무대 암전.

## 12.

다시 무대 밝아지면 새벽 미명, 바우아범과 바우어멈 그리고 바우할멈이 홍진사 앞에 무릎을 조아리고 있고 마름은 등을 들고 서 있다.

**홍진사** 엄감생신도 유분수지! 아니 어떻게 감히 네놈 아들이 상전인 내 딸을 마음에 둘 수가 있단 말이드냐?

**바우아범** 죽여줍쇼 나리마님!

**홍진사** 하여 내 더 긴말을 하지 않겠다. 소견머리 없는 어린 것들이 세상사 나 몰라라 한다더니만 내 원 참… 하지만 나 역시 자식을 기르는 애비로서 내 당부하건데 내 네놈이 내게 소작으로 진 빚을 모두 탕감해주고 저 바우놈 삼년 종살이를 면천해 줄 터이니 대신 아무도 모르게 네놈 가족 모두를 데리고 이 고을을 빠져 나가도록 해라. 되도록이면 여기서 멀리 떠나 사는 것이 좋을 것 같다. 알아듣겠느냐? 허면 내 여기 바우놈 노비문서를 되돌려주고 또 큰 여비는 아니겠지만 당분간 목구녕에 풀칠할 정도는 될 노잣돈을 줄 터이니 그리 알고 떠나거라. (마름에게) 자, 건네주게. (마름, 엽전꾸러미와 노비문서를 바우아범에게 건네준다) 네 이놈! 내 말뜻이 무엇인지 알아들을 수 있겠느냐?

**바우아범**  …

**홍진사**  왜 대답이 없는고?

**바우아범**  알겠습니다요. 나리마님! 하오면 소인 한 가지만 나리마
님께 말씀을 올려도 되겠는지요?

**홍진사**  말해보거라.

**바우아범**  네, 행원필자이 등고필자비(行遠必自邇 登高必自卑)요, 행유
부득 반구제기(行有不得 反求諸己)라 했습니다.

**홍진사**  (화들짝 놀라며) 무어라? 자네가 중용을 아는가? 그게 무슨
말이드냐? 어디 그 뜻이 무엇인지 한번 풀어 보거라!

**바우아범**  멀리 가고자 하면 반드시 가까운 데부터 시작하고, 높
은 곳에 이르고자 하면 반드시 낮은 데부터 시작하라.
또한 힘써 행하여 얻어짐이 없다면 그 원인을 자신에
게서 찾으라…

**홍진사**  (여전히 놀라며 ) 네 이놈! 그 또한 예기(禮記)에 나오는 말일
진대… 이 무슨 뜻으로 한 말이든고? 아니 그보다 네놈은
누구드냐? 중용을 알고 언중에 예기를 인용함은 보통 학
문이 아니거늘 네놈은 그럼 숯쟁이가 아니었단 말이더냐?

**바우어멈**  (말에 끼어들며) 아, 아니옵니다 나리마님. 분명 이이는 숯을
구워 생계를 유지하고 있는 숯쟁이가 맞사옵고. 배운 게
없는 천것이 맞습니다요. 실은 오래전 우리 내외가 충북
진천 어딘가에 있는 서당에서 종살이를 한 적이 있사온데
그때 어린 학동들이 읊었던 그 구절을 이이가 따라 흉내
를 내더니만 이후로 어느 안전이고 간에 이처럼 하직인사

를 올릴 때마다 뜻 모르고 그냥 읊어대는 문장이오니 무식이 죄라고 이 시간에 적절치 못한 문자였다면 그냥 너그러이 용서해주시길 바라옵니다. 나리마님!

**홍진사**   참말이렸다! 그리 된 내용이라면 이해가 되는구나! 난 또 뜬금없는 중용에 예기까지 읊어대는 바람에 잠시 혼돈을 했지 뭐냐! (사이) 아무튼지 간에 네놈 식구 모다 다시는 이곳에 발걸음을 두지 않도록 하고 행여 주시하여 바우놈이 딴 생각을 품지 않도록 단단히 주의를 놓지 말렸다. 알아들었는가?

**바우아범**   … 네. 나리마님…

**마름**   그럼 이리루 오시유! 바우놈이 말 한번 잘 못혀서 지금 광에다 가두어 두었는데 어서 델구 가시유. 마침 날이 밝으면 아씨의 혼례준비로 북새통을 이룰 건데 그전에 어서 길 떠나야 할 것 같소. 자 이리로 따라들 오슈!

**바우아범**   (바우어멈에게) 임자는 어머니 모시고 어여 길 떠나시요. 내가 바우를 데리고 뒤 따라갈 테니까… (홍진사에게) 그럼 나리마님 소인네는 이만 물러가겠습니다요. 그간 베풀어주신 하해 같은 은혜 마음 깊이 새기며 살겠습니다요.

**홍진사**   알았네. 그럼 잘들 가게나. 노모 잘 모시고… 그럼 난 이만… (안채로 퇴장한다)


잠시 후 아범과 마름에게 부축 받으며 등장하는 바우. 매를 많이 맞은 듯 약간 비틀거린다.

**마름**　(바우아범에게) 내 아직도 믿겨지지 않지만 만에 하나라도 내 딸 길녀년의 말이 사실이라면 나리마님께 면천세를 내고서라도 딸년 종의 신분을 면하게혀서 바우놈 거처로 따라 보낼 터이니 부디 소갈머리 없는 딸년이지만 너그러이 받아주시구려! 바우아범…

**바우**　아, 아녀유. 증말 지는 아니란 말여유. 마름어른! 지 말을 믿어주세유!

**마름**　아… 알았다. 내 니놈 심성도 알고 길녀년의 거짓뿌렁도 익히 아는 바 우선은 니놈 말을 믿을 테니까 그리 알고 부모님 잘 뫼시고 잘 살거라. 만약에 그렇다면 해서 한 말이다. (부축했던 팔을 놓으며) 자, 그럼 먼길에 조심들 혀서 잘들 가시구려!

이때 꺼꾸리네가 안채 뒤에서 부리나케 등장한다.

**꺼꾸리네**　아, 이놈 바우야! 증말루 떠나는 기여?

**바우**　야 그동안 고마웠구먼유!

**꺼꾸리네**　아 고맙긴 뭐이 고마워! 그리고 바우야 일루 와봐야!

**바우**　왜 그러는데유?

**꺼꾸리네**　이, 이거 가다가 먹으라구 마름아줌씨가 싸준 주먹밥이여. (마름 눈치를 보며 보따리와 함께 작은 서찰을 건넨다) 이… 이건 아씨가 어제 닐 보고 니놈한테 주라고 헌 거고…

**마름**　(뒤돌아보며) 갑자기 고냥이 소릴 질러대다 왠 쥐새끼 소린겨?

71

**까꾸리네**   (깜짝) 아 뭐… 뭐가유? 아! 그거유… 그 지 똥구데기 얘기 구먼유!

**마름**   아! 길 떠나는 아를 붙잡고 뭔 씰데없는 잡소린겨! 어여 애 맘 심란하게 허덜 말구 빨랑 보내게! (다가오는 바우를 보고) 니도 인자 새 맴 먹고 잘 지내거라. 사람 사는 기 다 그렇고 그런 거지만 맴 편한 게 제일인겨! 너도 언젠가는 좋은 세월을 보며 살덜 않겠냐!

**바우아범**   그간에 보살펴주심 감사허네유. 그럼 안녕히들 계셔유. (모두 서로 인사를 나누고 바우아범, 바우와 함께 퇴장한다)

마름 길 떠나는 그들을 안쓰럽게 바라본다. 이때 덕칠이가 호리병을 들고 만취된 모습으로 등장한다.

**마름**   아니? 네 이놈 덕칠아! 아, 오늘이 무슨 날인 줄도 모르고 꼭두새벽부터 술독에 빠진 거냐, 이눔아!…

**덕칠**   아! 마름어른이시네? 아니지 우리 맘 좋고 미륵 같으신 우리? 그려, 우리 장인어른!

**마름**   뭐야 이놈아! 장인어른?

**덕칠**   그러유 우리 장인. 내 장인이지유! (주저앉으며) 실은 내여유, 지가 바루 길녀년 배를 부르게 한 장본인이란 말여유. 마름어른…

**마름**   아니 뭐… 뭐가 어쩌구 어째? 이… 이놈이.

**덕칠**   야! 그렇구먼유 지여유! 지가 오래 전부터 길녀년이 바우

놈 생각하며 한숨 질 때마다 헛간으로 끌고가 지 품에 안
구 델구 잤구면유! 그런데두 길녀년 이 미친 것이 지를 맴
에 두지 않구 끝내 낼 배신하구설랑 지 뱃속에 아를 바우
놈 거라고 둘러댔으니 저 기집애 천벌 받을 거구면유! 이
못된 것이 말여유! 증말 분혀서 못 살 거 같혀서 지난밤부
터 이리 마시게 됐시유!

**마름**    아니 이… 이것들이 증말… 너 이놈! (사이) 아… 아니지.
그려! 알았다 우선 네놈은 들어가 자빠져 자거라. 이따가
술 깬 다음에 내 혼쭐을 내줄탱게… 길…길녀 이년을 내
그냥… (행랑채로 퇴장)

**덕칠**    가 물어봐유. 지 말이 맞는지 틀리는지… 꺽, 꺽 푸우…

잠시 후 안에서 길녀와 마름의 소리가 들려온다.

**길녀(소리)**    아, 아부지 자… 잘못혔시유. 아야 아야 아퍼유, 아부지.

**마름(소리)**    아퍼! 아퍼? 이년이 증말!… 맞어? 맞능 기여? 덕칠이 놈
이 맞는 거냐구? 이년아.

**길녀(소리)**    아… 아야… 이거 놓구 말혀유 야! 아부지… 마… 마자유
덕칠이 그… 그놈이여유! 그놈이 낼러 요로콤 만든 놈이
여유 아부지!

**길쌈댁(소리)**    으이구 시상에 저… 저년을 아주 박살내버려유. 어이구
못돼 처먹은 년… 같으니라구. 그래놓구설랑 엄한 놈 골
병들게 했구먼. 이 일을 어쩌누!

**덕칠**    (넋두리로) 길녀 이 미친년아! 왜 그리 미련 곰퉁이 같은 겨… 어차피 모두가 알게 될 거고 니 팔잔 이미 내 거가 된 건디 왜 쓸데없는 거짓뿌렁을 혀서 이 사내 가슴을 이리 찢어놓는 기여 이 망할노무 지지배야…

음악과 함께 암전.

# 13.

무대 밝아지면 안채 대청마루에 홍진사와 마님이 봄이를 달래고
있다.

**홍진사**  봄이 네 이년! 고명사의(顧名思義)라 했다! 아무리 여식으
로 태어났다고는하나 엄연한 이 집 자손이거늘 이 집안의
명예를 이렇게 더렵혀도 된다고 생각하는 거냐? 철이 없
어도 유분수지! 이제 곧 신랑 될 사람이 동구 밖에 당도할
터인데… 내 원 참!

**마님**  어서 꽃단장 마저 하고 초례청에 나갈 준비를 해야잖여!
너 이년 정녕 이 에미가 죽는 꼴을 보려고 그러는 게냐?

**봄이(소리)**  싫어요 싫다구요. 바우야… 흑흑.

**홍진사**  어허 망조로다 망조야! 어디서 감히 부모가 짝지어준
혼사를 문전에 두고 이 경황에 천한 종놈 이름을 부르
는 게냐! 너 이년 죽고 싶지 않거들랑 어서 니 에미가
시키는 대로 따라 하거라! (일어서며) 아니 딸년을 어찌
키웠기에 저리 안하무인이 되었단 말인고! 내 원 참!
(안방으로 퇴장)

**마님**  아 딸년은 나 혼자 낳구 나 혼자 키웠습니까? 아니 이러고
나가시면 어찌합니까! 아, 영감! 영감! (뒤따라 퇴장)

이때 바우가 안채로 숨어들어온 듯 숨을 헐떡이며 주변을 살핀다.

바우     (조심스럽게 작은 소리로) 아씨! 봄이 아씨!… (풀피리로 작게 두 어 번 소리를 낸다)

봄이 화들짝 일어나 두리번거리며 풀피리 소리 나는 마당을 바라 본다.

바우     아씨. 지여유. 지가 다시 왔시유!
봄이(소리)  아니 바우야, 어찌 된 거여?

마당으로 뛰어 내려와 바위와 함께 한 쪽으로 몸을 숨긴다.

바우     꺼꾸리 아줌니가 준 아씨 서찰을 보고 다시 달려 왔구 먼유!
봄이(소리)  그럼 서찰 내용대루 낼러 데릴러 온 기여? 시방?
바우     … 딱히 그런 건 아니지만 그 서찰을 읽고는 도저히 발이 떨어지지 않아서 그만 다시 중도에서 도망쳐 왔구먼유.
봄이(소리)  그럼 우리 어서 도망치자 어서 날 데리구 뒷문으로 혀서 산길로 출행랑치잖 말이여 어서…
바우     … 아씨.

이때 홍진사 안채에서 등장. 바우를 보고 깜짝 놀란다.


**홍진사** 아… 아니 네놈은 바, 바우놈이 아니더냐? 꼭두새벽에 길 떠난 놈이 어찌 다시? 네 이놈! 내 그렇게도 일렀건만 정말로 내 집안을 망칠 셈이더냐?

**봄이(소리)** 아… 아버지.

**홍진사** (행랑채를 향해) 여… 여봐라 게 아무도 없느냐? 있으면 모두 이리로 나오너라! 어서!


이때 길복이, 마름, 뛰어 나온다.


**마름** 아니 바우야 이놈아?

**홍진사** (고함을 치며) 어서 이놈을 끌고 가 죽도록 매를 쳐라! 어서! 다리가 부러져도 좋고 목이 부러져도 괜찮으니 어서 매질을 하란 말이다 어서!

**봄이(소리)** 아, 아버지 왜 이러시는 거예요. 네 아버지?

**홍진사** (안방으로 호통을 친다) 임자는 어서 나와 여기 봄이를 제 방으로 데리고 가서 일체 문 밖 출입을 하지 못하도록 자물쇠로 잠그시오!

**마님** (등장하면서) 네. 그리해야겠습니다. 아이구! 시상에 이게 뭔 사단이냐 글쎄! 바우! 네 이놈! (우는 봄이를 끌고 안채로 퇴장한다)

**덕칠·길복** 가자 이놈아! (바우의 양팔을 잡는다)

**바우**　　나리마님. 지, 지가 잘 할게유. 지가 봄이 아씨를 행복하게 해줄게유. 아씨는 지 없으면 죽는다고 했시유. 허락해 주세유! 나리마님…

**홍진사**　아… 아니 이, 이놈이 지금 뭐라 지껄이는 게냐! 이놈이 정말 죽고 싶어 환장을 했더냐? 그 입 닥치지 못할꼬. 빨리 저놈을 죽도록 치라 일렀거늘 뭣들 이리 꾸물대는 게냐!

**길복**　　이눔아 가자! 어서! (바우를 끌고 뒷채로 간다)


이때 문이 열리고 바우할멈 등장.


**바우할멈**　그… 그만 그만들 멈추시오.

**홍진사**　저 늙은 할망구는 누군가? 바우할멈 아닌가?

**바우할멈**　그… 그렇소 내 저 바우의 할멈이요! (무릎을 꿇으며) 진사영감. 제…제발 우리 바우에게 손을 대지 말라 이르시오. 어서요. 그, 그리고 한번만 더 용서해주시구려. 한번만 우리 바우를 용서해달란 말이요! 진사영감!

**홍진사**　무어라? 진사영감! 뭐 이런 미친 할망구가 다 있단 말이냐… 나이를 먹으면 신분고하도 구별치 못하는 겐가? 어디서 감히… 여봐라! 저 늙은 천것을 집 밖으로 끌어 내거라 어서!

**바우할멈**　후, 후회할 것이요 반드시 후회할 터이니 그만 우리 바우를 노, 놓아 달란 말이요!

이때 백현감 종친들과 함께 등장한다.


**현감**     사돈! 아니 이 경사스런 날에 웬 고함을 그리 치시는 게
요? 밖에서 듣자하니… (바우할멈을 바라보고 깜짝 놀라며 걸음
을 멈춘다)

**종친2**     아니, 사돈! 왜 그러시는가?

**현감**     (바우할멈에게 조심스럽게) 내… 내명부의… 제조상궁 마나님
이 아니시옵니까?

**바우할멈**     (놀래며) 누… 누구시오?

**현감**     제… 제조상궁 마나님… 사헌부에 종사했던 훈련감 백보
현이옵니다…!

**바우할멈**     사헌부의 훈련감이라니…?

**현감**     내전의 제조상궁 마나님이 맞으시군요! 이게 얼마 만입니
까요 마나님!

**홍진사**     (경직된 듯) 뭐라? 제조상궁 마나님이시라구? 아니 이럴 수
가…?


이때 등짐과 보따리를 들고 바우아범과 어멈, 그리고 어린 박달
이 등장.


**바우아범**     바, 바우야! 어디 있는 게냐! 바우야! (홍진사를 보고 무릎을 꿇
고) 나리마님! 우리 바우를 살려주십시오. 우리 미련한 바
우놈을… 제발…

**바우어멈**　(함께 무릎을 꿇으며) 우리 바우를 살려주십시요! 나리마님!

**바우할멈**　(갑자기 쩌렁쩌렁한 목소리로) 모두 무릎을 꿇으시오! 공주마마시요! 공주마마께옵서 이곳에 행차하시었소!

　　　　모두 놀라며 어리둥절할 때에 바우할멈, 바우어멈 앞으로 다가가 일으켜 세우며.

**바우할멈**　공주마마! 어서 일어나시오소서!

**바우어멈**　아니 왜 이러시는 겁니까! 어머니! 왜 이러시는 거예요? 지금!

**바우할멈**　아닙니다. 공주마마! 이제 우리도 더 이상 신분을 속일 필요가 없음입죠. (백현감에게) 이보시오, 훈련감! 어서 모두에게 고하시오. 이분은 이 나라 상감마마의 고명따님이신 세령공주마마이시오. 어서요!

**백현감**　(읍하며) 네 본부 받자와 고하겠나이다. (좌우를 향해 큰소리로) 모두 무릎을 꿇으라. 공주마마께옵서 행차하셨느니라!

　　　　일동, 이때 부엌 아낙들까지 모두 나와 무릎을 꿇는다.

**바우할멈**　(좌중을 향해) 모두 들으시게나! 이분은 어떤 사연이 있어 초야에 몸을 숨겨오신 이 나라 상감의 고명따님이신 세령공주마마시옵고 여기 바우아범 이분은 왕의 부마 되시는 정이품의 품위를 소지하신 상위부 대감나리시니라! (홍진사에게) 어서 바우도령님을 모셔오고 공주마마를 상청으로 오르게 하시오, 어서!

**홍진사**　(덜덜 떨며) 네! 제조상궁 마나님! (마름에게) 어서 도령님을 고이 모셔오도록 하시요!

**마름**　(역시 몸을 떨며) 예! 알겠습니다요.

잠시 후 바우가 마름에 기대여 등장한다.

**바우**　아니? 모두 왜 이러세유? 할머니… 아버지!

**바우할멈**　(어린 박달에게) 박달도령도 일어나십시오. 자! 이 도령님들께옵서는 정3품의 품계를 가지신 도정도령이시며 상감마마의 친 외손자 되시는 분들이시오!

**바우**　할머니! 지금 무슨 말씀을 하시는 거예유?

이때 마님이 급히 봄이와 함께 달려나온다.

**마님**　아 아니 이게 모두 어찌된 일입니까? 영감!

**홍진사**　(작은 소리로) 쉬-! 당신도 무릎을 꿇고 머리를 조아리시오 어서!

**마님**　네네. 봄이야 너도 어서. (봄이와 함께 무릎을 꿇는다)

**백현감**　어서 모두 공주마마께 문안을 고하시오! 세령공주마마시요…

**일동**　(몸을 땅에 엎드리면서 큰소리로) 공주마마! 문안드리옵니다.

**바우할멈**　(함께 무릎을 꿇으면서) 공주마마!

강한 음악과 함께 무대 F.O

# 14.

어둠 속에서 나각과 태평소 생황과 같이 어가행렬 시 사용되는 궁중음악이 울려 퍼지고 "모두 물렀거라 상감마마 행차시니라!" 라는 구호가 여러 번 울려 퍼지면서 무대 밝아지면 대청마루 중앙에 평복차림의 세조임금과 정희왕비가 앉아있고 그 아래 좌우로 장졸들이 호위하며 도열하고 서 있다. 문간 쪽으로 홍진사네 식솔들 모두가 무릎을 조아리고 앉아있고 마당 한가운데에는 현감과 홍진사 그리고 종친1,2,3이 역시 엎드려 머리를 조아리고 있다. 궁중음악이 서서히 사라질 때 세조임금이 일어선다.

**세조**   순수(巡狩)라는 것은 제왕(帝王)의 성사(盛事)요, 상서(祥瑞)란 지덕(至德)의 형향(馨香)이니라. 짐이 부덕한 몸으로 외람되게 영도(靈圖)를 받았고 자민(字民)의 정사를 아직 베풀지 못하였는데 연풍의 경사를 여러 번 얻었으니 스스로 미덥지 아니하여 다만 공손히 삼가함을 더할 따름이로다. 복천(福泉)에 이르기 전일에는 속리산에서 방광(放光)을 하였고, 행궁(行宮)에 나아갈 때에는 사리분신(舍利分身)이 있었으며 신천(神泉)이 솟아올랐으니, 이는 실로 예천(醴泉)이 아닐 수 있겠느냐? 풍수로 보아할 때도 이곳은 한남금북정맥[漢南錦北正脈]으로서 그 수계의 경계상으로는

백두대간 속리산 천왕봉에서 분기되어 충청땅 북부 내륙을 동서로 가르며 수많은 지맥과 단맥을 분기시키며 3정맥 분기점인 양광도(경기도) 안성군 칠장산(七長山) 분기점까지 이어진 정맥이니 실로 이 보은 땅은 하늘의 은덕이라 하여 그 지명 또한 보은이라 하지 않았겠느냐! (내시감에게) 그래 짐이 잠시 피접으로 머물게 된 이집은 누구의 집이던고?

홍진사 일어나 읍하고 서 있다.

내시감    네 본시 이 집은 고려의 개국공신 홍은열(洪殷悅)의 후손으로 고려 말기 문하시중을 지낸 홍연보의 4대손인 저 홍탁성이라는 자의 집이옵니다. 또한 저 자는 정난공신 예조판서 홍윤성 대감의 6촌 아우가 되는 자이옵니다. 전하.

세조    그래? 그렇다면 내 이곳으로 임시 피접하길 잘한 일이로구만. 경음당 홍윤성이란 자는 성질은 좀 폭급하지만 힘이 장사이고 짐과 함께 계유정난에 참여한 공신으로서 짐의 듬직한 신하이도다. 하지만 (홍진사를 향해) 그 자가 자네 문중에 씻을 수 없는 과오를 저질렀다지? 내게 틈틈이 그 자의 소행이 들려오지만 어쩔 수 없는 것은 그 자가 짐의 위급한 목숨을 여러 차례 구해주었기 때문이로다. 그러니 짐이 그 자를 대신하여 자네 문중 가솔들에게 용서를 구할 터인즉 부디 받아들이고 이후 그 자의 소행이 가문에 누가 되지 않도록 내 족쇄를 채워줄 테니 그리 알라! 그리고 회인 홍씨 문중에 충정헌이라는 호를 내리고 해 받은 문중 자손들에게는 덕행에 합당한 벼슬을 하사하겠노라!

**일동**　성은이 망극하여이다.

**세조**　헌데 어이 이 집을 알고 짐의 피접지로 이곳을 택했단 말인고?

**내시감**　아뢰옵기 황송하오나 그럴만한 연유가 있었사옵니다. 전하.

**세조**　연유라니? 어서 고하거라!

**내시감**　(안쪽을 향해) 어서 도정도령님과 제조상궁 마나님을 대령토록 하시오!

**세조**　(정희왕비를 쳐다보고는) 아니 도정도령이라니? 그리고 어느 제조상궁을 말하는고?

정결한 의복을 갈아입은 바우할멈과 바우, 뒤편으로부터 등장하여 단 아래로 나와 큰절을 올린다.

**중전**　(화들짝 놀라 일어서며) 아니 이게 누구인가? 자… 자넨 오래 전 내명부 제조상궁인 김상궁이 아니던가?

**바우할멈**　(큰절을 올리면서 눈물을 흘린다) 상감마마, 중전마마 그동안 옥체강녕하시었사옵니까?

**세조**　(의아해하며) 무어라? 내전의 제조상궁직을 수행하던 김상궁이라고?

**바우할멈**   (울먹이며) 그러하옵니다, 전하. 하해 같은 은총을 받사옵던
         김상궁이옵니다!

**중전**     오! 자네 살아있었구먼 살아있었어! 허면 우리 세령이 우
         리 세령공주는 어디 있단 말이드냐? 그 아이도 여즉 살아
         있느냐?

**바우할멈**   (바우에게) 할바마마와 할마마마시옵니다. 어서 문안을 올
         리십시오. 도련님!

         바우 일어나 한발 다가가 큰절을 올린다.

**세조**     누구더냐? 이 소년이 누구기에 짐을 보고 할바마마라 일
         컬으며 절을 올린단 말이더냐? 김상궁 어서 소상히 아뢰
         어라! 어서!

**바우할멈**   (울면서) 이 도령은 바로 전하의 외손자이옵고 세령공주마
         마의 큰아드님이시옵니다. 전하!

**중전**     (오열을 하며) 오, 세상에…

**세조**     무어라? 이 소년이 우리 세령의 아들이라고?

**바우할멈**   그러하옵니다. 또한 작은 도령님도 와 계시옵니다 전하!
         (더욱 오열한다)

**세조**     (두 팔을 벌리고) 오라! 어서 이리로 오너라. 이 할애비 품으
         로…

         바우, 계단으로 올라 세조 품에 안긴다.

**세조**    (바우를 끌어 안고) 세령이는 우리 세령공주는 지금 어디 있
         느냐?…

**바우할멈**  전하! 세령공주마마께옵서는 여전히 강녕하시오며 부마되
         시는 낭군님과 함께 남다른 금슬로 잘 살아 오셨습니다.

**세조**    그래? 어디 있느냐 우리 세령이가 지금 어디 있느냐 말
         이다?

**바우할멈**  지금 두 분 마마를 뵈오려고 작은 도령님과 함께 옷단장
         을 하고 계시옵니다. 전하!

**세조**    아니다 옷단장이 뭔 말이드냐! 그냥 오라 이르라! 내 우리
         세령이가 너무 보고 싶구나! 내시감, 지밀상궁 대동하고
         어서 안으로 들어가 공주를 빨리 대령토록 하라

**내시감**   네 전하! (안쪽으로 퇴장한다)

**세조**    김상궁! 그래 그동안 어찌 살아왔는고? 그리고 세령이와
         짝 지운 그 자는 누구인가?.

**바우할멈**  전하 말씀 올리겠사옵니다. (구슬픈 대금산조 음악이 깔리고)
         십수 년 전 전하께옵서 우리 세령공주마마의 직고에 용서
         치 않으시겠다는 말씀을 남기시고 내전으로 납신 후에 중
         전마마께옵서 소인에게 세령공주마마의 신변이 불안하
         니 급히 데리고 야반도주하라 명하시어서 금붙이 하나 챙
         겨들지 못하고 그 밤에 공주마마와 함께 궐내를 빠져나와
         군졸들의 눈을 피해 산중으로 산중으로 헤매다가 그만 길
         을 잃게 되었사옵니다. 그때 공주마마께옵서는 온몸이 불
         덩이같이 뜨거웠고 정신이 혼미하여 더 이상 걷지도 못할

지경이었사옵니다.

**중전**  (오열한다) 오 오! 세령아! 내 불쌍한 딸 세령아!

**세조**  (떨리는 음성으로) 어서 계속하라!

**바우할멈**  바로 그때에 하늘이 도우셨는지 웬 멀끔한 청년 나무꾼을 만났사온데 그 도령께서 우리를 산중 자기 처소로 안내하여 우리를 지극정성 돌보아 주었는데 알고 보니 그 도령 또한 양반집 귀한 자제로서 남다른 사연이 있어 산중에서 홀로 살고 있었사옵니다. 그러한 인연으로 인해 그 긴 추운 겨울날을 함께 산중에서 몸을 피하여 살다가 하늘의 연분이라 생각하여 해동이 된 어느 봄날에 두 분이 정한수 한 사발 떠놓고 혼례를 치루고 부부의 연을 맺게 되었던 것이옵니다. 전하.

**세조**  그래 그동안 무얼 하고 목숨을 부지했더란 말이더냐?

**바우할멈**  죽여주시오소서 마마! 나라 곳곳에 공주마마를 찾으라는 방이 붙어있어 오랜 세월 동안 마을 근처에서 살지 못하였사옵고 깊숙한 산중으로 항상 몸을 피하여 살게 되었사온데 마마의 사위 되시는 부마께옵서 숯을 굽고 살아왔사옵니다. 오랜 세월 신원을 감추다보니 양반보다는 평민으로 사는 것이 더 수월타 여겨 지금껏 신분을 속이고 살아온 것이옵니다. 전하.

**중전**  그래 그동안 얼마나 고생이 극심했을꼬… 허면 우리 세령이 배필은 어느 댁 자제이고 또한 무슨 남다른 사연이 있었길래 그리 혼자 산중에 기거했더란 말인가?

**바우할멈**    중전마마! 죽여주시오소서.

이때 내시감이 급하게 등장.

**내시감**    큰일났사옵니다. 전하!

**세조**    무어라 큰일이라니?

**내시감**    아니 계시옵니다. 공주마마께옵서 이 글을 남기시고 부마 되시는 낭군님과 함께 이미 이곳을 떠나신 듯하옵니다. 전하!

**세조**    무어라? 우리 세령이가 또다시 도망을 갔다구? 이럴 수가 있는가? 이럴 수가?

**중전**    아니 되옵니다 전하! 아니 되어요. 어서 우리 세령이를 찾아주시와요. 어서. (기절하여 쓰러진다)

**바우할멈**    (대청으로 오르며) 중전마마! 중전마마! 정신 차리오소서! 중전마마! 내시감 어서 어의를 대령토록 하시요 어서! 진사 부인! 어서 마마를 안방으로 모시게나. 어서!

봄이와 함께 마님과 바우할멈, 왕비를 안방으로 모시고 퇴장한다.

**세조**    오! 세령아! (눈물을 흘리며) 무슨 글이드냐? 어서 그 서찰을 이리로 가져오너라!

**내시감**    (서찰을 세조에게 올린다)

**세조**　　(서찰을 펼쳐든다)

**바우어멈(소리)** 아바마마! 그리고 어마마마! 불초소생 글로나마 문안 올리옵니다. 하지만 용안을 뵈올 수 없는 사연을 거두어 주소서. 그 예전에는 아버님께옵서 어린 상왕마마를 모해하고 금성숙부마저 유배시킨 정난에 항거하여 아버님으로부터 노여움을 사 도망을 쳤사옵고 이제는 또다시 다른 사연이 있사온데 그것은 바로 내 낭군께옵서는 아버님의 손에 억울한 죽음을 당하신 김종서 대감의 친손자이기 때문이옵니다. 하지만 소녀가 그를 지아비로 모신 까닭은 이는 두 집안이 이승에서 맺힌 피흘림의 원한을 없이 하라시는 하늘의 뜻을 좇음이옵니다. 부디 먼 훗날을 생각하시와 불초여식이 선택한 이 길을 꾸짖지 마시옵고 아바마마와 어마마마를 떠나는 우리를 용서하여 주시옵소서.

**세조**　　그리하면 아니 된다. 세령아! 세령아!

이어 강렬한 음악이 이어지고 세조 서찰을 움켜지고 통곡을 할 때 무대 천천히 F.O

# 15. 에필로그

서서히 코러스합창으로 무대 전환되고 다시 밝아지면 무대는 깊은 산중.

여전한 낡은 평민복으로 지게와 등짐을 진 바우아범과 어멈 그리고 지게 위에 태운 어린 박달이의 모습이 보인다. 이때 무대 다른 쪽에서(또는 객석에서) 바우와 봄이가 역시 평민복 차림으로 봇짐을 짊어지고 나타난다.

**바우**　　(손을 흔들며 소리친다) 아버지! 엄니! 박달아!

**바우어멈**　아니 저게 누구여? 우리 바우하고 봄이 아씨 아녀!

**바우**　　같이 가유 아버지!

**바우아범**　그래 어여 오너라! 아씨 넘어지지 않게 손을 꼭 붙잡고!

**바우**　　알았시유! (봄이에게) 자 내 손 꼭 잡아유!

바우와 봄이 바우아범 쪽으로 다가온다.

**바우어멈**　(봄이에게) 아니 봄이 아씨가 워쩐 일인가? 우리허구 같이 살라고 따라왔는감?

**봄이**　　(수화)

**바우어멈**　(바우에게) 봄이 아씨가 지금 뭐라 하는 거냐?

**바우**　예! 공주마마라고 했어유

**바우어멈**　아니 새삼스럽게 공주마마는 무슨 공주마마!

**봄이**　(수화)

**바우**　그럼 뭐라 불러야 되느냐구 묻네유?

**바우어멈**　뭐라 불러야겠어! 바우 널 따라 우리하고 산다고 왔으니까 그냥 날로 어머니라고 불러야지!

**봄이**　어머님!

**바우어멈**　어마 이 사람이 날더러 어머니라고 말을 했네… 너도 들었지?

**바우**　예! 틀림없이 어머니라고 소릴 냈시유! (봄이에게) 다시 말 혀봐유! 어서 어머니 하고!

**봄이**　어머님!

**바우**　와! 아버지 들으셨지유? 박달아 너두 들었지? 니 형수가 어머니 하구 부르는 거?

**바우아범**　(능청스럽게) 아니! 난 못 들었다!

**바우 · 바우어멈**　네?

**봄이**　아버님!

**바우**　와! 들었지유? 와! 우리 아씨가 이자 말을 허네

**바우아범**　정말 그러네! 우리 새아기가 말여!


　　일동 기뻐할 때 다시 반대편에서 배부른 길녀와 덕칠이,
　　청천댁, 꺼꾸리네가 객석을 향해 등장해서 서 있다.

**길녀**  오메 저어기 말티재를 넘어가는구면… 우리 아씨하구 바우도령님이…

**덕칠**  도령님은 무슨 도령… 지들 상팔자 지들이 챙기지 못하구 설랑 내버리구 저리 떠나는데… 앞으로 고생길이 훤하겠구면…

**길녀**  야! 덕칠아. 우리 봄이 아씨랑 바우도령님이 버리고 간 그 상팔자라는 거 우리가 주워오면 안 될까?

**덕칠**  그 상팔자라는 거이 우덜 눈에 보이기나 헌데! 아 보인다면야 일백 번이라도 줍지! 근데 이년이 어디서 서방님한테 꼬박꼬박 덕칠아 하고 이름을 부르는 기여? 확 죽을라고!

**길녀**  얼레 이놈이! 지 새끼 밴 마누라헌데 웬 욕지거리레?

**청천댁**  (주걱으로 덕칠이 엉덩이와 길녀 머리를 내리치며) 뭐하는 것들이여? 이것들이. 정말 무식허다 무식허다 무식한 티를 내네 그려! 아, 이제 곧 혼례 치루고 부부 연을 맺을 것들이 아직도 이년 저놈 할 꺼여?

**덕칠**  (버럭) 아이고 고모 왜 이랴? 하이고 아퍼 죽겠네 그려.

**꺼꾸리네**  (청천댁 흉내내며 혼잣말로 능청스럽게) 그럼 아프라고 때리제 간지럼 타라고 때렸을까 (사이. 긴 한숨) 아이고 내는…

**일동**  (꺼꾸리네 흉내내며) 거지 똥구대기라도 좋으니 사내놈 하나 있었으면 좋겠지!


모두 자지라지게 웃을 때 경쾌한 풍악소리가 울려 퍼지며 무대 서서히 암전된다.

끝.

한국 희곡 명작선 109
## 금계필담[錦溪筆談]

초판 1쇄 인쇄일    2022년 11월  1일
초판 1쇄 발행일    2022년 11월  7일

지 은 이    도완석
만 든 이    이정옥
만 든 곳    평민사
            서울시 은평구 수색로 340 〈202호〉
            전화 : 02) 375-8571 / 팩스 : 02) 375-8573
            http://blog.naver.com/pyung1976
            이메일  pyung1976@naver.com
등록번호    25100-2015-000102호
ISBN        978-89-7115-049-8  04800
            978-89-7115-663-6  (set)
정    가    9,000원

이 책은 사단법인 한국극작가협회가 한국문화예술위원회의 2022년 제5회 극작엑스포
지원금을 받아 출간하였습니다.